Knapp auf Kante

Susanne Beckenkamp

Knapp auf Kante

Kurzgeschichten

Bibliografische Information der Deutschen Nationalbibliothek:
Die Deutsche Nationalbibliothek verzeichnet diese Publikation in
der Deutschen Nationalbibliografie; detaillierte bibliografische Daten
sind im Internet über http://dnb.dnb.de abrufbar.

Herstellung und Verlag: BoD – Books on Demand, Norderstedt

ISBN: 978-3-7347-5185-1

Inhaltsverzeichnis

Weg gelaufen

Schon immer:
Mosel, Wiese, der Weg am Fluss entlang, dahinter eine Straße.
Irgendwann hat jemand die Holzbänke aufgestellt.

In der weißen Wintersonne schiebt Mama den Kinderwagen
flussaufwärts zu den Bänken.
Sie bleibt etwas sitzen und geht langsam zurück.
Er friert ein wenig auf dem weiten Weg.
Dann schläft er ein.

Frühling: Wärme, Wind, Regen und Hochwasser.
Er läuft mit seinen Kumpels zum Fluss. Die Bänke sind weg.
Mama holt ihn ein, als er schon müde ist.
Komm weg vom Wasser, sagt sie.
Das reißt dich mit, Junge.

Im Mosel-Motorrad-Musik-Maria-Mond-Mitsommer
nimmt er jede Kurve, lässt sich treiben und
willig vom Wasser umarmen.
Endlich kein Halten mehr.

Auf dem Weg zum Mutter-Monats-Meeting fährt er mit dem Auto den Fluss entlang. Er wohnt in der Stadt weiter oben. Nachmittags geht er mit Maren an die Mosel. Sie trödelt, hat Musik im Ohr und versteht ihren Vater nicht. Er zeigt auf die neuen Volksbänke, und sie schüttelt den Kopf. Der Fluss führt wenig Wasser; das Bett ist ausgebrannt, rissig und hart.

Herbst: Sonne, Regen und Sturm.
Mutter schiebt mühsam die Gehhilfe. Die Bänke sind weit.
Er holt Mama ein, als sie schon müde ist.
Komm doch öfter heim, sagt sie.
Vergiss mich nicht, Junge.

Im Nebel wird Mama zum Friedhof gefahren.
Er sieht den glatten Fluss hinab.
Die Sonne blendet noch nicht.
Endlich keine Wand mehr.
Nun geht er oft zu Fuß zum Ufer.
Die Wege sind kurz im Dorf.
Maria ist lange weg.

In der weißen Wintersonne fährt Maren ihn eilig im Wagen flussaufwärts zu den Bänken.
Er bleibt etwas sitzen und tapert langsam zurück.
Auf dem weiten Weg friert er gar nicht mehr.
Eisschollen treiben den Fluss hinab.

Nah am Wasser

Mein Otto ist tot.

Otto ist seit zehn Jahren tot.

Ich denke jeden Tag an ihn. Er ist immer bei mir.

Das ist gut.

Das ist nicht gut. Weil er nicht wirklich da ist.

Er lebt in deinem Herzen.

Er liegt im Grab.

Ach Lotte, wenn Otto sähe, wie du dich grämst.

Ich gehe jeden Tag zum Friedhof.

Wenn dir das gut tut.

Dann spreche ich mit ihm.

Er versteht dich sicher.

Er kann mich gar nicht hören.

Das Sprechen hilft dir.

Mein Otto hilft mir nicht. Bei dem Hochwasser.

Wir haben doch alles nach oben geräumt.

Und unten schwimmen die Otter.

In drei Tagen ist das Wasser abgelaufen.

Mein Haus wird nie mehr richtig trocken.

Das Haus war nie richtig trocken.

Und jedes Jahr kommt das Wasser.

Alle zwei, drei Jahre - es kommt dir öfter vor.

Die Jahre treiben sich vor uns her.

Wie Wasser das Holz.

Gespenster.

Wir räumen alles wieder nach unten.

Und nächstes Jahr kommt wieder das Wasser.

In zwei, drei Jahren – vielleicht.

Vielleicht bin ich dann bei Otto.

Vielleicht.

Dann muss ich nicht mehr weinen.

Nein.

Ich weine jeden Tag.

Wenn dir das hilft.

Es hilft mich nicht.

Siehst du.

Meinst du, ich bin krank?

Nein.

Wenn ich krank werde, bin ich bald bei Otto.

Vielleicht.

Es ist kalt hier.

Es ist nass. Deshalb kommt es dir kälter vor.

Erst der Winter, dann das Wasser.

Dann der Frühling.

Der Boden ist vergiftet.

Der Boden ist fruchtbar.

Was da wächst, sollen wir nicht essen.

Wir haben doch Blumen gepflanzt.

Wir sollten Gemüse anbauen.

Das können wir kaufen.

Kartoffeln, Zwiebeln, Möhren und Salat.

Für uns allein?

Wegen der Krise

Wir haben viele Krisen überlebt.

Und Hasen züchten.

Wir können nicht schlachten.

Dann Hühner.

Die laufen weg.

Kleinvieh und Kohl tut allen wohl.

Nicht allen.

Morgen kaufe ich Saatgut.

Morgen?

Im Keller ist noch ein Käfig.

Der steht im Wasser.

Dann kaufen wir Holz. Und Draht.

Morgen?

Ja, Morgen!

Morgen bin ich in der Stadt.

Fährst du mit dem Zug?

Nein.

Du hast doch kein Auto.

Nein.

Kannst du mir Saatgut, Holz und Draht mitbringen?

Ich komme nicht zurück.

Nicht zurück?

Ich gehe ins Wasser, und dann - bin ich morgen in der Stadt. Bei der Strömung!

Ins Wasser?

Ja.

Warum denn?

Das verstehst du nicht.

Nein.

Siehst du.

Wandertag

Unser Lehrer hieß Heider und wollte nach Spanien.

Mittwochs hatten wir Sport.

Herr Heider hasste Sport.

Mittwochs gingen wir also wandern.

Kilometerweit

von unserer Schule den Berg hinauf zur Hubertushöhe.

Von dort guckten wir runter und gingen zurück.

Kilometerweit

von der Hubertushöhe den Berg hinab zu unserer Schule.

Wandern.

Auf einer Asphaltstraße.

Jeden Mittwoch.

Kilometerweit.

Heute fahre ich zur Hubertushöhe.

Nach 40 Jahren.

Wenn ich schon mal hier bin.

Es ist nur ein Kilometer

von der alten Schule die Serpentinen hinauf.

Auf dem Parkplatz stehen Autos und Motorräder.

Eine Leitplanke trennt Aussichtspunkt von Straße.

Die Leute steigen aus und gucken runter.

Sie halten Navis und Digicams in den Händen.

Die Schutzhütte steht schon immer hier.

Sie hat sieben Ecken.

Nicht sechs oder acht.

Sieben.

Ist hier schon Hunsrück?

Unten glitzert die Mosel.

Das Nachbardorf stemmt sein Neubaugebiet den Hügel hinauf.

Da fängt die Eifel an.

Am anderen Ufer stehen noch Reste des Hotels.

Davor war die Anlegestelle der Fähre.

Wir mussten übersetzen,

wenn wir mit dem Zug fahren wollten,

weil wir auf der „scheel Sick" wohnten.

Die Tochter des Fährmanns Deutschlands einzige Fährfrau.

Sie fragte im Fernsehen „Was bin ich?"

Robert Lembke ist tot, der Fährmann auch

und das Hotel brannte ab. Zweimal.

Es ist laut hier oben.

Ich will Ruhe und Mittwoch und Herrn Heider.

Mittwoch kann man nicht erklären.

Heimat wohl.

Weggefährten

Mein Auto rumpelt über den Feldweg. Mein schönes nagelneues Auto. Über regelrechte Felsaufbrüche. Falls Felsaufbrüchen irgendwelche Regeln recht sind. Im Radio singt ein junger Mann von Yesterday paper telling yesterday news. Ich schalte ab.

Wenn die Autobahn zu Ende ist, hat seine Frau gesagt irgendwie ins Tal hinab, dann wieder hoch, aber so genau wisse sie das nicht, deshalb hier seine Handy-Nummer. Ehrlich?! hat er gefragt. Du?! und dann: Es ist ganz einfach. Nur diesen und dann durch jenen Ort und den Berg hinunter und wieder hoch, und dann den dritten asphaltierten Wirtschaftsweg bis zu dem Holzstapel und dann links durch den Wald und am Ende wieder links und dann sind es nur noch etwa fünf Minuten. Und du bist bei mir.

Er steht mit Hunden und Leuten am Wegesrand, als ich ankomme. Sorry, es hat Ärger gegeben heute Nacht: Die Schafe sind in ein Feld mit Frucht, die schon trocken auf dem Halm stand, und heute Morgen hing im Gatter ein totes Lamm. Fremde Hunde. Vielleicht.

Er hat einen Bauch gekriegt. Haare und Bart sind noch länger geworden. Er trägt eine Sonnenbrille. Später wird er sagen, dass er

Licht nicht mehr so gut vertragen kann und sowieso schlecht sieht. Er wird die Zeit von meiner Armbanduhr nicht ablesen können. Später, wenn wir im Gras liegen. Mal wieder wie immer nur im Gras liegen.

So wie vor 30 Jahren, als ich ihn jeden Sonntag besucht habe. Fünf Kilometer zu Fuß hinauf zu dem Bauernhof. Er hat Innenarchitektur studiert, und die Tiere waren Hobby für ihn, Zuflucht für uns beide. Zwei Jahre jeden Sonntag. Und niemand hat mir geglaubt, dass wir nicht miteinander gingen. Ich habe ihn geliebt. Wie wir nur in jungen Jahren lieben können, wenn wir noch nicht wissen, dass Liebe allein längst nicht genügt. So, dass ich später diese Liebe bei jedem Mann suchte, der mir näher kam. Nah kam, wie er mir nie nahgekommen ist. Nie. Nicht ein bisschen. Nur den Tieren. Einmal kroch ein Meerschweinchen in den Ärmel meiner Bluse. Ich trug keinen BH. Er hat das Tierchen vorsichtig befreit. Sonst nichts. Da bin ich gegangen und habe mir einen Freund gesucht. Der nie mein Freund war und mein Mann wurde.

Mein Freund suchte sich eine Frau. Die war älter als er und bekam ein Kind von ihm. Das erzählte man mir nicht ohne Schadenfreude. Ich war traurig und sagte ihm das, als wir uns zufällig trafen. Und er sprach dann doch von Gefühlen und wie jung ich gewesen sei und er schon erwachsen, und dass ich sein

Leben nie hätte führen können. Er war nämlich Schäfer geworden. Er pachtete Land, und die Frau und das Kind gingen mit ihm. Wenn wir ins trafen, hatte er ein neues Kind, und beim dritten Mal und beim dritten Kind schickte ich ihn weg.

Zwölf Jahre später fuhr ich zu ihm, und er stand auf der Weide und sagte: „Da bist du ja". Und ich spielte mit seinen Kindern, trank Tee mit seiner Frau, und alles war gut. Bis zu dem Tag, als seine Frau die Teetasse abstellte und erzählte, dass ihr Mann sie nie richtig geliebt habe. Erst später – nach dem dritten Kind – sei es besser geworden. Vielleicht. Ich stellte meine Teetasse auch ab und ging.

Einmal habe ich ihm geschrieben aus der Klinik, und er rief sofort an und wollte wissen, was los sei. Am Telefon geht das schlecht, sagte ich, und er erzählte, dass ein großes Kind verrückt geworden sei. Es hat nichts geändert.

Jetzt stehe ich hier und sehe ihn an. Berliner habe ich mitgebracht und Limonade. Das Gebäck schmeckt scheußlich; ich ahnte es, als ich die Bäckerei betrat. Aber die alte Frau hinter der Theke tat mir leid. Er schaut auf mein neues Auto und fragt, was so was koste. Und ob ich heute viel Geld verdiene, ob ich eine gute Partie sei. Und ob ich wieder heiraten wolle, für Kinder sei ich doch noch nicht zu alt. Nein, ich heirate nicht mehr, und für ein

Kind bin ich zu alt, und Geld verdiene ich genug. Relativ, ergänze ich, und sehe auf seinen Wagen.

Wir reden vom Altwerden, Altsein, was sich verändert und was geht. Wir werden geboren als 1000 und sterben als einer. Sehr mühsam setzen wir uns ins Gras. Er spricht von Rheuma und Gicht und ich vom Bandscheibenvorfall. Er trinkt manchmal eine Flasche Schnaps und ich habe ein krankes Herz.
Später, denke ich, später ist das alles nicht mehr wichtig. Aber jetzt brauche ich das: meine neue Wohnung, mein neues Auto, die Urlaubsreisen, Theater, Kino und vielleicht den Mann, der auf mich wartet. Du hättest Innenarchitekt werden können, sage ich. Du hast zu viel Haare im Gesicht, denke ich, und: Nimm doch die Sonnenbrille ab. Er tut es und ich sehe wassergrüne Augen. Du bist ja blond, sagt er. Früher, sage ich, war ich dunkel. So wie meine Augenbrauen. Ich kann so viel Helles nicht vertragen, sagt er, und setzt die Brille wieder auf. Seine Hände werden krumm von der Gicht.

Weißt du noch? Damals, als die beiden Zicklein geboren wurden und unser Ursprung für Augenblicke seinen Schrecken verlor? Und viel später, als du ein Schaf geschlachtet hast: Du hast es erst gestreichelt, dann erschossen und ihm auf eurem Hof die Kehle durchgeschnitten. Noch nicht einmal deine Kinder fanden den Tod damals schlimm.

Es kühlt ab. Beim Aufstehen bin ich schneller als er. Für die Rückfahrt empfiehlt er mir einen anderen Weg: nur zehn Minuten an den Feldern vorbei bis zum nächsten Dorf den Berg hinunter und wieder hoch. Er fragt nach meiner Handy-Nummer. Ich schreibe sie auf die Rückseite meiner Visitenkarte. Ich habe das Handy meistens aus, sage ich. Ich werde deine Visitenkarte im Auto verlegen, antwortet er. Ich gebe ihm keine Hand, als ich weg fahre. Im Rückspiegel beobachte ich, wie er in seinen Wagen steigt und hinter mir her fährt. Plötzlich ist er verschwunden; ich fahre weiter. Ein paar Minuten später steht er mit den Hunden vor mir am Wegesrand und winkt mir zu. Er muss eine Abkürzung über das Feld genommen haben. Ich werfe ihm eine Kusshand zu und schalte das Radio ein. Jemand singt:

If you think you know how to love me,
and if you think you know what I mean,
and if you really, really want me to stay;
you've got to leave the way.

Let's talk about sex

Der Fernsehfilm ist die gewohnte vorweihnachtliche Abendunterhaltung eines öffentlich-rechtlichen Senders, der um diese Zeit die Zielgruppe 50+ vor dem Flachbildschirm vermutet: Eine Familie spielt sich gegenseitig alle Jahre wieder heile Welt vor, obwohl die Großeltern schon längst geschieden und anderweitig gebunden, die Eltern wahlweise pleite, scheinschwanger oder schwul sind und die Enkel kotzen und kleckern. So weit, so schrecklich.

Bis in der letzten Viertelstunde die 65-jährige Oma ihrem Spiegelbild die komplizierte Beziehung zu einem 42-jährigen Fahrlehrer erklärt: „Hast du eine Ahnung, was es heißt, sich im Hellen vor ihm auszuziehen? Die Sprachlosigkeit seiner Freunde zu erleben, die sich bestenfalls darauf verständigen können, dass ihre Eltern dieselben Ansichten haben wie ich? Sich permanent zu schämen für etwas, das man nicht ändern kann, und wofür sich auch niemand schämen sollte?"

Dann sitzt sie da: Ungeschminkt, in grellem Licht, die Haare komplett aus dem Gesicht gekämmt, und sieht sich an. Und fasst Mut. Und geht zu ihrem Geliebten und sagt ihm, worauf der seit drei Jahren wartet: „Ich liebe dich." Und kann beim nächsten

Mal dem Kellner, der sie um ihren schönen Sohn beneidet, antworten: „Nein, das ist mein Freund. Mein sehr viel jüngerer Freund".

Jemand kam auf die Idee, eine Erotiklesung vorzubereiten, und ich bekam Angst. Angst vor der Lächerlichkeit, Angst vor der Ehrlichkeit, Angst vor hellem Licht und jungen Männern. Von Spiegeln ganz zu schweigen. Und doch.

Wir sind, sage ich zu einem Mann (einem Mann!), in der zweiten Pubertät. Und denke sofort, dass in der Pubertät ja erwiesener Maßen bestimmte Hirnregionen komplett außer Kraft gesetzt und damit wirre Worte legitim sind. Die Führungsriegen aus Politik, Wirtschaft, Forschung und Dienstleistung befinden sich sämtlich in der Lebensmitte. Alle in den Wechseljahren! Und welche Bücher darüber geschrieben werden (Im Internet fand ich 96, eins davon hieß „Tabuthema Wechseljahre"). Hier noch ein paar Kostproben:

- Wechseljahre einer Blondine
- Lustvoll durch die Wechseljahre
- Die Wahrheit über die Wechseljahre
- Die Weisheit der Wechseljahre
- Fit für die Wechseljahre
- Qigong für die Hormonbalance

- Hormon-Yoga
- Wechseljahre ohne Hormone
- Rimkus-Methode
- Das Wechseljahreskochbuch
- Mit Schüsslersalzen durch die Wechseljahre
- Mit Isoflavonen durch die Wechseljahre
- Kompass Wechseljahre
- Behandlung von Menopause und Klimakterium
- Körper ohne Gleichgewicht
- Gibt es ein Leben nach 50?
- Endlich über 50!
- 60 Jahre und ein bisschen weiser
- Auf ein prima Klimakterium!
- Wechseljahre: Ganz einfach
- Wechseljahre: Nein, danke

Tja. Lena sagte neulich: „Ich geh nicht in die Pubertät –
schließlich weiß ich nicht, wie ich da wieder rauskomme". Lena
ist aber acht. Die darf das. In der Liste von eben sind Highlights
wie „Mein letzter Tampon" oder die berühmte Feuerzeichenfrau,
der zehn Jahre später ein Feuerzeichenmann folgte, gar nicht
erwähnt. Männer kommen auch in die Wechseljahre. Das hört
sich dann so an:

- Forever Jungs - Alter Sack, was nun?
- Leg los, alter Sack!
- Die zweite Halbzeit entscheidet
- Altherrensommer
- Wo die coolen Kerle wohnen
- Restewampe
- Wenn Männer zu sehr vierzig werden
- Knast oder Kühlfach?

Und wo wir gerade bei der Resterampe sind: Ich gehe gern tanzen. Wissen Sie, wie ü-50-Partys heißen?
„Mumienschieben" ist da noch das Harmloseste.
Hans tanzt jede Samstagnacht in einer großen Koblenzer Jugend-Disco durch. Schon längst hat er freien Eintritt. Er kann wirklich gut tanzen, und jemand will das auf youtube stellen. Hans ist 80 und weiß nicht, was youtube ist.

Uns fehlen Vorbilder. Eva weiß das. Sie ist 75 und gibt sich alle Mühe: „Loslassen", rät sie. „Im Augenblick sein", „sich nicht so wichtig nehmen". Und Geschichten müssen nicht stimmen, aber wahr sein. „Dein Berufsleben wird zur Episode schrumpfen, bereite dich vor", sagt Gerd nach 45jährigem Arbeitsleben.

Und das Sexleben? Es gibt ein paar Beratungs-Bücher zu Silver Sex. Eins heißt „Bis jetzt haben wir nur geübt". Aha. Und was kommt jetzt? Die große Offenbarung? Leute, ich habe Knie, Rücken, Hüfte! Hildegard beschwert sich: „Wenn der seine Pille geschluckt hat, muss es aber auch losgehen. Oder er schluckt sie zwischendurch. Und wehe, dann klappt es nicht!" „Erotik findet im Kopf statt, da nutzt kein Viagra", sagt Willi und wartet. Und Peter meint, die Gebrauchsanweisung für Alterssex stehe in der Bibel: „Liebe deinen Nächsten wie dich selbst". Dann wird er ernst: „Nein, wirklich erotisch ist Keuschheit." Den Schleier nutzen. Schutz und Scham schätzen lernen.

Es war noch nie leicht. Mit 15 konnte ich nicht über Erotik sprechen. Mit 25 versuchte ich es, mit 35 hatte ich anderes zu tun, mit 45 wusste ich alles und heute fange ich wieder von vorne an.

Kindergarten

Die Nachbarin erzählt, dass der liebe Gott den Mamis kleine Babys unter ihr Herz legt. Meine Mami hat gesagt, dass sie keine Kinder mehr bekommen kann, weil sie dann sterben muss. Also erinnere ich den lieben Gott jeden Abend daran, Mami doch bitte nicht – quasi aus Versehen – ein Kindchen unter ihr Herz zu legen.

Zweites Schuljahr

Sandkasten. Petra erzählt: „Mit dem Herbert darfst du nicht in den Wald gehen. Der will dann nämlich, dass du deinen Popo an seinem reibst". Und Petras kleine Schwester kommentiert: „Das ist eine Todsünde!" Nachdenklich gehe ich nach Hause. Eine Todsünde! Herbert kann ich sowieso nicht leiden. Ich frage meine Eltern. Die gucken. Sich an. Und mich. Abends darf ich zu ihnen ins Bett. Und dann erzählen sie mir – abwechselnd, stockend: „Wenn ein Mann und eine Frau sich ganz, ganz lieb haben, dann überkommt sie ein Verlangen. Und dann steckt der Mann seinen Penis in die Scheide der Frau. Und dann kommt da ein winzig kleines Baby raus und landet bei der Frau unter dem Herzen. Es wächst, und nach neun Monaten bringt die Frau es zur Welt." Ich bin sehr erleichtert. Weil Papi jetzt für das

Platzieren von Babys unter Mamis Herzen verantwortlich ist und bestimmt besser weiß als der liebe Gott, dass das eben nicht mehr geht.

Am nächsten Tag prahle ich in der Schule mit meinem Wissen. Wir sind uns einig, dass wir das niiieeeemals machen werden. So ein Blödsinn! Ein Verlangen! Und wer unbedingt ein Baby haben will, muss sich halt vorher und hinterher gaaaanz gründlich waschen. Weil das an sich eine Schweinerei ist. Und mit dem Herbert geht jetzt ganz bestimmt keiner mehr in den Wald.

Untertertia

Das Entsetzen heißt nicht Herbert.

Einsichten

Karfreitag: Saunatag: Schwimmen, schwitzen, schwätzen, lesen, lachen, Haut und Seele seifen, salzen und schmieren. Die Tasche ist schon gepackt, als ich nackt am Spiegel vorbei gehe. Sicher: Ich sehe mich täglich, aber heute gehe ich unter Menschen. Unter fremde Menschen, die mich zum ersten Mal sehen.

Eine Dame in adipösem Ernährungs- und altersgerechtem Allgemeinzustand, gepflegt, mit schwachem Knochenbau, leichten Wassereinlagerungen, zwei sichtbaren Rumpfnarben und altersgemäß guter Beweglichkeit guckt verwirrt aus dem Spiegel. Sie tut derart überrascht, als nehme sie wahrhaftig zum ersten Mal die Schwerkraft an sich wahr. Dann kratzt sie verzweifelt an einer Krampfader herum, als ginge die davon weg. Sie kneift in Fettpolster, zieht an Falten, hebt erst zwei Brüste, dann ein Bein, legt ihre Haare mal ins, mal aus dem Gesicht, bleckt die Zähne, lüpft die Augenbrauen und ist ratz-fatz aus meinem Gesichtsfeld verschwunden.

In dieser Sauna war ich noch nie. Zwei Gebäude mit je drei Stockwerken überfordern mich komplett. Auf der Liegewiese finde ich Platz unter einem rosa blühenden Baum und beobachte Fischteich und Pool und die Ähnlichkeit ihrer Bewohner. Dann suche ich die Salzgrotte, wegen der ich hergekommen bin.

Natürlich finde ich sie nicht und frage einen ausgesprochen gut aussehenden jungen Mann nach dem Weg. Ja, dort will er auch hin, und - bitte nach Ihnen. Schon sitzt er neben mir, zaubert Salz herbei – mit Zitrusduft! -, damit solle ich nach dem Schwitzen den ganzen Körper einreiben - natürlich auch den Rücken, wenn ich nichts dagegen hätte. Habe ich nicht, bedanke mich artig und lege mich nach dem Duschen wieder unter meinen Baum in die Sonne. Fünf Minuten später fällt ein Schatten auf mich. Ja nun ... Unter einem Blühbaum. Mit einem schönen Mann. Nackig, in adipösem Ernährungszustand, mit Wassereinlagerungen, zwei Rumpfnarben, einer neuen Krampfader – und Augen im Kopf. Die sind damit beschäftigt, nicht in seinen zu versinken. Er spricht von dem Feuer zwischen uns, das er gleich gespürt habe. Ich verweise auf die in Saunen üblicherweise hohe Innentemperatur und greife nach meinem Bademantel.

Er versteht sofort und erzählt: Spanier, 30 Jahre in Deutschland. Er war zehn, als er herkam, und arbeitet seit 20 Jahren in derselben Firma. Sein Deutsch ist akzentfrei, er hat eine Frau, zwei Kinder und ein Dreifamilienhaus. Die Kredite fressen ihn auf. Deshalb kann er nicht kündigen. Obwohl er jetzt diese Maschinen bauen muss, von denen eine 60 Kollegen ersetzt. Manchmal, sagt er, habe er Notdienst. Dann wartet er, ob in dem riesigen Werk eine Maschine kaputt geht, die er reparieren muss. Er sitzt acht Stunden in einem Büro mit Laptop und guckt Videos. Oder schreibt an seinem Buch.

„An deinem Buch?"

„Ja. Mein Leben. Mein ganzes Leben auf 26 Seiten Word. Die muss ich noch abschreiben."
„Du kannst sie doch ausdrucken."

„Nein. Abschreiben. Mit meiner Hand. Für meine Kinder. Damit es von Herzen kommt. Ausdrucken ist zu schnell. Alles, was von Herzen kommt, dauert lang." Eben. Ich frage nach seinem Namen.

Du bist wunderschön", sagt er.

Ich starre ihn an. „Was bin ich?"

„Begehrenswert. Wenn ich so neben dir sitze, kann ich dich nicht lange ansehen". Er sieht an sich hinunter.

„Ähem - Warum ist deine Frau nicht mitgekommen?"

„Sie geniert sich."

„Sag ihr, dass sie schön ist. Du bist auch sehr attraktiv. Wäre ich mit dir verheiratet – ich wäre mir nie ganz sicher. So ein Mann! Deine Frau muss anderen Frauen vertrauen können."

Wir schwitzen, schwimmen und schwätzen noch ein paar Stunden. Don Juan weiß, dass in dieser Nacht Vollmond ist.

Ich weiß, dass es an Karfreitag kein Fleisch gibt, und gehe vor dem Mondaufgang.

Zu Hause kann ich wieder in den Spiegel sehen.

Traumfrau

Die Statue am Gartenteich ist gar nicht so groß: ein Meter zwanzig, aus schwarzem Marmor. Eine junge Frau, auf einen Sockel gestellt, gesichtslos, im durchsichtigen Hemd.
Die Alte hat ihrem Mann das Ding zur Goldhochzeit geschenkt, damit er aus dem Fenster seines Büros einen vollkommenen Körper sehen kann. Ihr eigener schlummert unter einem Fettpanzer, ihr Gesicht versteckt sich hinter einem Netz von Falten. Manchmal wünscht sie sich einen Bildhauer.

Alterslos

„Erotik und Intellektualität kennen kein Alter", sagt Petra. Klar. Und Schönheit entsteht im Auge des Betrachters, und es zählen die inneren Werte, und man ist so alt ,wie man sich fühlt, und die Falten haben wir uns redlich verdient, und wer sagt denn, dass Fettpolster nicht sexy sind. Und Helene findet sowieso nur intellektuelle Männer sexy.
Also meine Erotik kennt ein Alter, und meine Intellektualität kennt ihre Grenzen. Übrigens bin ich verklemmt. Aber keine Feministin! Das klingt so ungebumst, sagt Petra. Also, ich hätte jetzt eher „unausgefüllt" gesagt. Aber auch die Moral hat sich emanzipiert: Es ist fast nichts mehr unmoralisch. Dass man über alles reden kann, heißt ja noch lange nicht, dass man auch über

alles reden muss. Laura hatte neulich als ersten Studentenjob bei Infas eine Umfrage über Stuhlgang. Schock und Scham bei den Befragten, Schimpfe für Laura.

Die Umfrage

Irgendwo muss es doch herkommen, das Mittelmaß. 17 cm. EU-Norm für Kondome. Als die 1996 festgelegt wurde, hielt mir eine Kollegin ihr Lineal unter die Nase, den Daumen an der 17-cm-Marke. „Also mal ehrlich: Reicht dir das?" Ich war sogleich von tiefer Dankbarkeit erfüllt, dass es keine EU-Norm für Pessare gibt. Man stelle sich allein die Techniken der Durchmesser-Bestimmung vor. Wobei: Wie wurde eigentlich das 17-cm-Maß bestimmt? Eigen- oder Fremderhebung? Mit welcher Fehlertoleranz? Ich habe so meine Zweifel. Es kommt der Moment, da trifft Erwartung auf Realität. Zum Glück schauen Männer nicht genau hin:

Umfrageergebnisse über die Sicht von Männern auf Damen-Dessous

Der Durchschnittsmann sieht die Unterwäsche seiner Angebeteten, wenn überhaupt, nur etwa zwei Minuten. Und nur beim aller-allerersten Mal denkt er daran, teure Spitze leidenschaftlich zu zerreißen. Aha. Er denkt also. Beim aller-allerersten Mal. Sicher kürzer als zwei Minuten. Und die Frau von heute trägt ja alles Mögliche, aber keine Dessous mit Sollbruchstelle. Ist auch egal. Der Mann an sich, durchschnittlich und denkfaul, hat sich noch nie von Hüfthaltern, Strumpfhosen, Zauberkreuz, Wonderbra und Slipeinlagen abhalten lassen. Er sieht wirklich nix. Er macht aus gutem Grund die Augen zu. Und es gibt eine Menge guter Gründe, sie ihm nicht zu öffnen. Denn wir altern bei lebendigem Leibe.

Liebe Männer, egal, wie wir euch bisher mitgespielt haben und egal, wie verunsichert, frustriert, enttäuscht oder verbittert ihr seid: Jede Frau ist eine verletzliche Prinzessin, die erlöst werden will. Vergesst die 40 m Beziehungsratgeber genau so wie das, was eure Angebetete gerade von sich gibt. Für Frauen zählen Taten mehr als Worte, auch, wenn alle Welt das Gegenteil behauptet. Beurteilt uns also nach dem, was wir tun, und nicht danach, was wir so den lieben langen Tag erzählen. Und stellt euch nicht tot, wenn es ernst wird: Liebe ist immer eine Zumutung. Jede Frau hat einen Drachen, der getötet werden muss um der Liebe willen, und das funktioniert – unmoderner Weise – manchmal tatsächlich auch mit einem Schwert.

Liebe Frauen, vergesst nicht, dass Männer uns glauben, was wir sagen. Das ist ziemlich fatal, und deshalb sollten wir wirklich manchmal den Mund halten. Umgekehrt sollten wir einem Mann unbedingt glauben, was er sagt, auch wenn es unbequem ist, und wir hoffen, dass sich das gibt. Es gibt sich nicht. Männer wollen einfach bleiben, wie sie sind und möglichst wenig falsch machen. Deshalb machen sie manchmal alles falsch. Denn auch Männer wollen erlöst werden. Ob mit Kuss oder An-die-Wand-werfen, kommt auf den Kerl an.

Umkehrschluss

Ein Frosch wird Prinz mit großem Knall,
lässt ihn ein Kuss erbeben.
Prinz und Prinzessin spielen Ball,
das halten sie für Leben!
Doch die Verwandlung ist fatal,
wir kennen sie schon alle.
Mit jedem Kusse, jedes Mal
erweitert sich die Falle.
Prinz und Prinzessin wandeln sich
so peu à peu zu Fröschen.
Und so wird rein statisterisch
ihr Feuer bald erlöschen.
Wird manchmal nicht zur rechten Zeit
ein Blick ins Herz zum Siegel.
Wir werden irgendwann gescheit
und schauen in den Spiegel:
Froschkönig und Froschkönigin,
das wurde aus uns beiden.
Der Ring ums Herz verliert den Sinn.
Ich kann dich wieder leiden!

Was auch vor 20 Jahren nicht wirklich weiter half ...

Der Liebesvertrag

Die Geschlechterfalle

Die Zweierbeziehung

Innere Kündigung in Beziehungen

Ich bin ich

Ich bin du

Das Weiberlexikon

Das Frauenbuch

Die dritte Weiblichkeit

Das Weibliche im Mann

Das Männliche im Weib

Weder Küsse noch Karriere

Der Ehe-Komplex

Der Cinderalla-Komplex

Die Mutter-Tochter-Revolution

Wolfsfrau – Die Kraft der weiblichen Urinstinkte

Die gespaltene Frau

Die Angst des Mannes vor der starken Frau

Kultobjekt Mann

Prinzenrolle

Der Märchenprinz

Tod eines Märchenprinzen

Ich war der Märchenprinz

Burg vorhanden – Prinz gesucht

Herz oder Knete?

Ran an den Mann!

Einmal Hans mit scharfer Soße

Frischhalteabkommen: Länger Freude am Mann

Immer Ärger mit den Kerlen.

Ich pfeif auf schöne Männer

Suche impotenten Mann für's Leben.

Nur ein toter Mann ist ein guter Mann.

Der dressierte Mann.

Männer und andere Katastrophen

Männer aus zweiter Hand

Ich schenk dir meinen Mann

Ein Mann für eine Nacht

Ein Mann für jede Tonart

Beim nächsten Mann wird alles anders

Der nächste Mann ist auch nicht anders

Liebe dich selbst, und es ist egal, wen du heiratest

Wenn Frauen zu sehr lieben

Männer lassen lieben

Alles ist nicht genug

Ein Single kommt selten allein

Frau zu sein, bedarf es wenig

Die Putzfraueninsel

Gute Mädchen kommen in den Himmel, böse überall hin

Und jeden Tag ein bisschen böser

Das große Böse-Mädchen-Lesebuch

Du kannst mich einfach nicht verstehen!

Das habe ich nicht gesagt!

Frauen verstehen in 60 Minuten

Frau ist nicht der Rede wert

Alle Menschen werden Schwestern

Das Uschi-Prinzip: Von allem nur das Beste

Wer ist die Beste im ganzen Land?

Sehe ich dick darin aus?

Warum gerade ich?

Zu dir oder zu mir?

Versext

Liebe, Lust und Zärtlichkeit

Good Vibrations

Göttlicher Sex

Schöner als Fliegen

Fliegen oder Fallen?

Völlig normal

Frust der Lust

Sexualität im Familienalltag

Schlechter Sex

Geheimnis, Illusion und Lust

Sexualität im Familienalltag.

Brainsex: Der wahre Unterschied zwischen Mann und Frau

Ich liebe dich

Wie oft wurde dieser Satz schon gedacht, gesagt, gelacht, geschrieben, gemailt, gesmst, gefragt, geantwortet, gesungen, geflüstert, gestöhnt, geheult ...
Wer weiß denn noch, was er bedeutet?!

Versuchen Sie es doch einmal:

Sagen Sie mal „Rot" Wetten, dass jetzt jeder etwas anderes versteht? Hellrot, dunkelrot, mittelrot, orangerot, rosarot, braunrot, rostrot, blutrot, herzchenrot ...

Womit wir wieder beim Thema wären. Die berühmten drei Worte sind also eine Leerformel für Ich-weiß-immer-weniger-was. Wir könnten auch etwas anderes sagen. Himbeerbonbon zum Beispiel. Oder Teekannenuntersetzen. OK, ich gebe zu, Tee-kan-nen-un-ter-set-zer stöhnt sich etwas sperrig. Weshalb das Wort wahrscheinlich sparsamer verwendet würde. Was kein Schaden wäre. Wenn wir ehrlich sind.

Ich meine, wer hätte im entscheidenden Moment jemals auf ein hoffnungsvolles: „Liebst du mich?" mit „Nein" geantwortet?! „Nein, ich will dich nur bumsen." Dazu gehört Format. Wie auch zur Liebe. Vielleicht sollte es DIN-Formate geben, in die diese ganzen Jas und Neins und unzähligen Jeins eingeordnet werden. Denn wer hätte je ein festes, standhaftes „Ja" gehört? Sehen Sie sich einmal die Hochzeit-DVDs Ihrer Freunde an. Da wimmelt es nur so von Genuscheltem. Und der Grad der Nuschelei lässt unbedingt Rückschlüsse auf die Halbwertzeit der Ehe zu. Andererseits – selbst schuld, wer diese Frage stellt. Ist wie mit „Bin ich zu dick?" oder „Was denkst du gerade?" Fragt man nicht. Oder besser fragt frau nicht. Männer fragen anders. Männer antworten auch anders. Wenn überhaupt.

Also – ich sage beim nächsten Mal Teekannenuntersetzer. Sorgt wenigstens für Gesprächsstoff. Und nimmt den Druck raus. Moment – wie wär's dann mit Überlaufventil? Oder Wasserkesselpfeifenaufsatz? Ich denk noch mal drüber nach!

Meine Frau versteht mich nicht

... und ich kriege noch 'nen Milchkaffee. Und 'nen Föhn. Kennen Sie nicht mehr? Das sagte man zu der Zeit, als Mann noch sagen konnte: Meine Frau versteht mich nicht. Und der Milchkaffee bestenfalls Cappuccino und ganz sicher nicht Latte macchiato hieß. Ich krieg' also 'nen Föhn. Der am Nebentisch sagt doch tatsächlich: Meine Frau versteht mich nicht. Zu einer – meine Oma hätte gesagt – Person, die er eben überschwänglich – Na so ein Zufall, du hier, wir haben uns ja eine Ewigkeit nicht – begrüßt hat. Sie haben sich also eine Ewigkeit nicht, und es ist Sommer und Sonntag und Sonne ...

Sie haben sich eine Ewigkeit nicht, und seine Frau versteht ihn nicht. Die Person erklärt, Männer verstünden sie auch *nie*, und deshalb sei sie schon *soo* lange allein und würde ja viel lieber nur noch offene Beziehungen ohne Verpflichtungen und Beziehungsstress ...

Jetzt aufstehen, 'rübergehen und sagen: Wisst ihr was, spart euch doch einfach dieses ganze Drumherum, der Sonntag Nachmittag geht schneller vorbei, als ihr vielleicht erhofft, wenn er sich – Kein Schwein ruft mich an – endlos in die Länge zieht; der Sonntag wird also schnell vorbei sein, also spart euch eure Beteuerungen, die so billig sind wie alle Beteuerungen dieser

Welt, und geht einfach ganz schnell in die Kiste. Das sagte man nämlich auch, als Mann noch sagen konnte, meine Frau versteht mich nicht. Später war Kiste ein Ausdruck für den Hintern einer Frau und heute für Beziehungsstress. Vielleicht machen die beiden ja alle drei Kistenarten durch, aber das wissen sie jetzt noch nicht, zum Glück, sonst würde kein Mensch mehr ...

Ich gehe natürlich nicht hinüber, sondern rühre *ganz* leise in meinem Milchkaffee. Er legt den Arm auf die Rückenlehne ihres Stuhls und verkündet vernehmlich: Da wächst gerade was! An den Nebentischen unterhält man sich, wenn überhaupt, nur noch im Flüsterton. Ein paar Damen blicken interessiert, ein paar Herren neidisch oder vielleicht auch erleichtert, weil sie Sahnetorte statt Sahneschnitte ... Das sagte man nämlich auch, als Mann noch sagen konnte: Meine Frau versteht mich nicht. Ein Mädel war eine Sahneschnitte. Find ich irgendwie plastischer als supergeile Zick, obwohl, beim Drübernachdenken ...

Unser Freund verkündet also gerade, dass da was wächst, und die Person giggelt. Kreisch-Gacker-Fraktion nennt Peter so was, aber der würde auch nie sagen, dass seine Frau ihn nicht versteht. Das liegt daran, dass er keine Frau hat. Die Person giggelt also und macht dem Wachstumskandidaten schöne Augen. Dann legt sie ihm die Hand aufs Knie. An den Nebentischen spricht niemand mehr.

Und ich denke auf einmal, dass seine Frau ihn wahrscheinlich wirklich nicht versteht. So wenig, wie er sie versteht. Ich stelle mir die ganzen endlosen einsamen Sonntag Nachmittage zu zweit zwischen Spielfilm und Sportschau vor. Wo soll er denn hin, der Mann, heute, wo es keine Frauen mehr gibt, die wissen, was nur Frauen wissen, und dem Jungen das erbarmungslose Drängen und dem Alternden die Angst nehmen? Und wo soll sie denn hin, die Frau, heute, wo es keine Männer mehr gibt, die wissen, was nur Männer wissen, und dem Mädchen die Angst und der Alternden die Eitelkeit nehmen? Heute, wo Liebe allein längst nicht mehr genügt und ein zu lösendes Problem und kein Wunder mehr ist und zwischen Deuten und Diskutieren verloren geht und wir überhaupt nur noch uns selbst finden wollen? Wo wir *alles* selbst machen und unsere Gesichter sich nicht mehr in den Augen eines Menschen spiegeln können, des einen, der unsere Jugend kannte und das Alter ahnt, ohne den Zeitwert zu messen ...

Jetzt aufstehen, 'rübergehen und sagen: Wisst ihr was, spart euch doch einfach dieses ganze Drumherum, das Leben geht schneller vorbei, als ihr euch vielleicht sonst manchmal erhofft, ihr habt auch nur noch 30 Sommer, und geht schnell und genießt

44

wenigstens diesen Einen, so lange ihr euch versteht, jetzt, in diesem Augenblick, denn auch der geht schneller vorbei, als ihr jetzt denkt, und ach ...

Zahlen, bitte. Drei Milchkaffee. Und – bringen Sie mir einen Cognac. Bitte!

Holzköpfe

Es regnet. Ich will die Köpfe reinholen. Frisches Holz, kraft Kettensäge zu Charakterköpfen mit Profil, Ecken, Kanten und Rissen geworden. Der Bildhauer wehrt ab: Er will nicht um jeden Preis erhalten. Die Dinge dürfen zu etwas anderem werden. Deshalb bleiben auch die Sägespäne liegen. Im Haus hat seine Kollegin Lichtstrippen so verlegt, dass sie dem Betrachter den Weg durch den Raum weisen. Ich denke an moderne Architektur. Beton wird nicht gestrichen und Rohre hängen offenkundig unter der Decke.

Das ist nicht gemütlich. Das tut sogar manchmal weh. Da sieht man, dass Strom aus der Steckdose kommt. Kommt er eben nicht. Oder sagen wir: Es ist nur die halbe Wahrheit. So ist das mit der Realität.

Eine Realität ist, dass wir älter werden. Oder altern. Reifen oder verfallen. Zu etwas anderem werden oder sterben. Petra sagt, die einen verfallen, die anderen reifen, das läge am Individuum. Wir reifen dann natürlich. Aber die reife Frucht fällt vom Baum, plumps. Da hilft nix. Merken Sie's, meine sehr geehrten Damen und Herren? Es wäre so einfach. Das Bild der reifen Frucht, Fallobst, ein paar Hinweise auf die Zeichen der Schwerkraft morgens vor dem Spiegel ... und schon lachen wir alle herzlich, und das ist doch alles nicht so schlimm, und älter werden wir doch alle, und wer sagt denn, dass Hängebrüste nicht sexy sind? Drücken wir uns dieses eine Mal nicht. Sprechen wir dieses eine Mal von der Angst. Wir werden geboren als 1000 und sterben als einer. Wie viel Möglichkeiten haben wir heute noch? Was haben wir uns alles verscherzt und verspielen es jeden Tag neu? Warum sind Scherz und Spiel gefährlich geworden? Wann haben wir das letzte Mal aus tiefster Seele gelacht, und - vor allem – geweint? Wie sieht es aus mit unserer Ehrlichkeit, Offenheit und Sensibilität, die wir vor uns hertragen wie Demoplakate? Wo verdrängen Zynismus, Depression und Gewohnheit Glaube, Hoffnung und Liebe? Was ist mit Sex and Rock'n roll und dem Billi-Regal? Verfallen oder reifen wir? Viagra statt Zärtlichkeit, Sofa statt Tango und Design statt Originalität?

Wir haben – wenn wir wollen – wieder mehr Zeit. Mehr, nicht zu viel. Das kommt noch. Wir sind erst im Fegefeuer. Gestern Babyboomer, heute demografischer Faktor und morgen Rentnerschwemme. Wir sind Problem und Lösung. Wir werden gebraucht. Probleme hat die Jugend genug. Also: raus mit den Holzköpfen. Es regnet.

Kohlsuppenkapseln

Also, es gibt diese Kohlsuppe. Sie wissen schon: Man kippt Weißkohl mit Gemüse in Wasser, kocht das Ganze ewig und drei Tage, redet sich ein, es schmeckt und nimmt ab. Wegen der Suppe. Oder weil man nix davon isst. Jedenfalls nimmt man ab.

Aber das ist mühsam. Ich meine: Kochen. So richtig. Mit Schnibbeln und gar werden lassen und all dem. Daran sind wir nicht mehr gewöhnt. Warten. Geduld haben. Deshalb lesen wir weniger Bücher. Da fängt man auch vorne an, hört hinten auf und hat dazwischen ein paar Hundert Seiten. Die kann man nicht wegzappen, und sie sind auch nicht verlinkt. Man muss da einfach durch. Aber sie haben ein Ende und verweisen dort auf den Leser. Und wer will das schon? Ich meine: Wer will das schon wirklich? Mit dem Kochen ist das ähnlich. Man müsste säen und wachsen lassen und hätte das Ergebnis im Bauch.

Aber es gibt diese Kohlsuppenkapseln. Da ist die ganze Suppe in der Kapsel. So wie Knoblauch, damit er nicht stinkt. Also das ganze Schnibbeln, gar werden lassen und so passé, stattdessen werfen wir eine Kapsel ein. Zack. Erledigt. Und nehmen nicht ab. Weil die Kapseln erstens nicht so scheußlich schmecken wie die Suppe und zweitens den Magen nicht annähernd so füllen wie zwei Liter Flüssigkeit.

Wir nehmen also nicht ab und stattdessen die nächsten Kapseln. Das freut die Industrie. Sagte neulich ein Freund, der in der Medizintechnik arbeitet: Wenn du Frauen was von schön und jung bleiben erzählst, schlucken die alles. Die Branche nimmt also zu, unser Geldbeutel ab, und die Figur bleibt, wie sie ist.

Ich finde das ziemlich bösartig. Und verräterisch. Rund sein, füllig sein, weich sein, einen Schutzschild brauchen. Den frau nie bekommt. Weil sie stark aussieht und keine Beschützerinstinkte weckt. Bei den Männern ist das anders. Mal ehrlich, meine Damen: Was um Gottes willen ist an einem Waschbrettbauch schön? Er ist hart, das ist alles. Und ein harter Bauch ...?!

Deshalb muss ich auch bei Kollege Günter immer grabbeln. Der hat so einen süßen weichen Waschbärbauch. Er ist gewöhnt, dass ich ihn im Vorbeigehen mal kurz grabbel. Das heißt, er war es gewöhnt. Kollege Günter ist nämlich kein Kollege mehr. Wegen der Kostenreduzierung und weil er den anderen Arbeitsvertrag hatte.

Und wir essen Kohlsuppenkapseln.

Gerhard geht - Eine Weihnachtsgeschichte

Der Sohn

Sie auch 'nen Whisky? Sorry, aber den brauch ich jetzt. Also Sie müssen sich das mal vorstellen: Wir alle schön zu Hause, Christbaum geschmückt, Geschenke drunter, auf dem Tisch schon Salate und Brot und Soßen, fehlt nur noch das Fondue, da kommt er zur Tür 'rein, hat einen Aktenordner unterm Arm, und ich denke noch, der wird den Kids doch wohl keine Anleihen oder so was schenken wollen, zuzutrauen wär's ihm ja, jedenfalls, er kommt mit dem Aktenordner rein, sagt, wir sollten mal alle ins Wohnzimmer kommen, nein, das hätte keine Zeit bis nachher, und dann ...

Musste das sein? Ausgerechnet an Weihnachten? Wo Mama immer alles so schön ... Mama, sagte er, bekommt das Haus mit allem Drum und Dran, und die halbe Rente ja sowieso, bis dahin Unterhalt, und sie hat ja den Schmuck und kann vermieten. Am 2. Januar ist beim Notar Termin zur Unterzeichnung des Auseinandersetzungsvertrages, Kopie im Ordner. Änderungswünsche soll Mama bis dahin mitteilen. Er ist mit allem einverstanden, will sein zweites Leben nur nicht mit dem ganzen Rechtskram belasten. Schwesterchen und ich bekommen Aktiendepots und Versicherungen, und Tschüss. Erben könnten wir dann ja später, wenn er uns was übrig lasse. Als ob der je Geld ausgegeben hätte, der alte Knicksack. In eine 3-Zimmer-Wohnung will er ziehen. Mit Balkon. Und dann gucken, ob er von dem restlichen Vermögen noch mal baut, wenn das geht mit halber Rente. Ein Häuschen auf dem Land. Bienen will er züchten und Karnickel. Oder vielleicht nach Afrika gehen. Karnickel oder Afrika. Heiliger Strohsack! Und weswegen? Natürlich ist das klar. Sicher ist das immer so. Aber das sagt wenigstens keiner laut! Und der? Grinst wie ein Honigkuchenpferd, sagt, er sei dieses ganze Theater hier leid, und deshalb zöge er gerne in eine Drei-Zimmer-Wohnung. Mit Balkon. Dürfte nur nicht zu hellhörig sein. Und vor neun Monaten haben wir seinen 55sten gefeiert. Ich meine, in dem Alter ... Also wenn ich ... du lieber Himmel, das weiß man doch, das weiß doch jeder, dass das irgendwann alles nicht mehr so ist wie am Anfang, man wird doch erwachsen, nicht wahr? Und wenn's gar nicht anders geht, gibt es doch Mittel und Wege oder Arrangements. So lange alles mit Rücksichtnahme und Diskretion ...

Die Schwiegertochter

Bitte setzen Sie sich doch. Kaffee? Tee? Cognac? Sie gestatten, dass ich ...? Danke sehr. Tja. Nun. Das ist so eine Sache, nicht wahr? Sehen Sie, wir schauen den Menschen immer nur vor den Kopf, auch – oder gerade - wenn wir sie lange kennen, nicht wahr? Ja, was soll ich sagen? Ist seine Entscheidung, nicht wahr? Wichtig ist jetzt, dass wir einen kühlen Kopf bewahren. Wer weiß, vielleicht ist das Ganze ja nur so eine Art – Ausnahmezustand - und in einem Jahr lachen wir alle herzlich darüber. Wisst ihr noch, damals, als Papa allen Ernstes in eine 3-Zimmer-Wohnung mit Balkon ... Hahaha. Viele sind schon zurückgekommen, nicht wahr? Die meisten, um genau zu sein. Und diese – indiskreten Details – wollen wir uns doch ersparen. Vielleicht ist es ganz normal, dass ein Mann, der 35 Jahre für seine Familie geschuftet hat, einmal raus will. Dass das Ziel dieses phänomenalen Ausbruchs dann eine 3-Zimmer-Wohnung mit Balkon in der Vorstadt ist, hat wenig Stil, aber – was will man erwarten? Ich meine, was wird das für eine Person sein?

Übrigens ist er krank. In seinem Fall sind Potenzstörungen normal. Sie treten sogar zwangsläufig auf. Ich als Ärztin kann das beurteilen. Aber wo ist das Problem? Impotenz heiß doch nur, keine Kinder mehr zeugen zu können. Wer will das denn noch in dem Alter? Warum können die Leute nicht genug kriegen? Es ist ja ohnehin nur <u>ein</u> Anfang vom sicheren Ende. Nein, nein. Er kann 100 werden, wenn nichts mehr hinzukommt. Muss halt gesund und maßvoll leben. Kommt etwas unpassend jetzt, seine Lebens- und Liebesgier.

Ich meine, wenn eine Frau ausbricht, das kann man ja noch verstehen, nicht wahr? Wenn sie jahrzehntelang nur für Kinder und Haus und die Karriere ihres Mannes ... lebenslanges Anhängsel mit Damenprogramm. Wenn die sich dann einen flotten jungen Lover gönnt, schreit alles Zeter und Mordio. Glauben Sie, ich hätte es immer leicht? Glauben Sie, dass mein Mann ...? Aber beschwere ich mich? Ein Leben ohne Kompromisse gibt es nicht, und letztlich nimmt man sich selbst nach Überall mit. Sie können hier leben oder in Afrika, oder Kaufmann werden oder Karnickelzüchter, das ändert gar nichts.

Die Enkelin

Mann, eye, Boa, eye. Hammerhart. Hyperhammerhart. Megahyperhammerhart. Weg isser. Ab durch die Mitte. Voll der coole Abgang. Hat den Aktenordner auf den Wohnzimmertisch gepfeffert, is raus, hat im Flur den Koffer gegriffen – nur einen einzigen, muss er vorher schon gepackt haben -, den guten Mantel an, und ab. Später haben wir gesehen, dass er seine neue Adresse auf den Garderobenspiegel geschrieben hat. Mit Lippenstift!!! Je nun, ich versteh den ganzen Aufstand hier nicht. Erstens ist er nicht aus der Welt, zweitens ist er endlich mal happy und drittens soll Oma jetzt bitte nicht so tun, als könne sie ohne ihn nicht leben. Faktisch leben die doch schon ewig ohne einander. Jedenfalls verstehe ich unter verheiratet sein was anderes. Deshalb heirate ich auch nie. Liebe ist nämlich ein Kind der Freiheit, hab ich gelesen. Und meine Eltern haben, als er weg war, so lange nach dem Aktenordner geschielt, bis die Oma gesagt hat, nun guckt schon rein. Scheinen genug gekriegt zu haben, sahen jedenfalls ganz zufrieden aus. Also. Is doch alles bestens. Nächstes Jahr fahr ich mal hin, die 3-Zimmer-Wohnung gucken. Vielleicht ist ja auf dem Balkon noch Platz für mich, wenn's hier zu stressig wird.

Und egal was man Ihnen erzählt: Es geht um Sex, igittigitt. Meine Lehrerin sagt, das ist ganz o. k.. In den meisten Religionen ist der Begriff Ehe an den *Vollzug* gekoppelt. Und in Deutschland konnte man den sogar mal einklagen. Jedenfalls ist Opas *Vollzug* voll die geile Zick. Hab die beiden neulich in der Stadt gesehen. Übrigens zu 'ner Zeit, wo er eigentlich hätte auf Arbeit sein müssen. Ich mein ja nur. Also, wenn der seinem Chef auch noch die Brocken hingeschmissen hat, schmeiß ich mich hinterher. Das wär der ultimative Bringer! Oder meinen Sie, die haben ihn ... Nee, nicht Opa. Opa doch nicht, bei allem, was der kann. Die schubsen ihn doch nicht erst die Treppe hoch, um ihn dann ... Oder?!

Die Tochter

Ach Papa. Du hättest es mir wenigstens vorher sagen können. Ist nicht einfach, wenn der Papa geht, auch wenn man erwachsen ist und die Adresse vom Garderobenspiegel abschreiben kann. Hast du wirklich gedacht, ich verstehe dich nicht? Ach Papa. Ich bin doch gerade frisch verliebt, da sieht man klar wie ein Kind. Ich

54

wusste, dass du unglücklich bist. Wie du manchmal geguckt hast. Und dein Rücken so starr von ungeweinten Tränen. Wollte ich dir nicht sagen, dann hättest du nur noch mehr Sport gemacht. Als ob man wegrennen könnte vor der Angst und der Einsamkeit. Und je mehr du gelaufen bist, desto einsamer wurdest du. Ach Papa. Bildest du deine Endorphine jetzt wirklich auf einer drallen Blondine statt auf dem Trimmpfad? So richtig glaube ich dir das Ganze nicht. Kann es sein, dass du alles nur erfunden hast, damit wir keine Fragen stellen und du keine Gründe suchen musst? Ach Papa. Ich weiß, wie das ist. Ich meine, ich weiß, wie es heute ist: Sonntags im Bett stundenlang kuscheln mit Kerzen und Musik und einer ist da, der zuhört, und der sich für alles interessiert, auch wenn es noch so unwichtig scheint. Ich weiß, wie es ist, wenn beim Kochen oder CD-Auflegen jemand dich kurz streift, weil er dich lange fünf Minuten nicht berührt hat. Und ich kenne auch das andere, Papa. Die Unruhe, die einen morgens um sieben aus dem Bett treibt, die Angst vor der Einsamkeit und die Kraft, die es kostet, aufrecht zu erhalten, was im Nichts versinkt, und wir suchen verzweifelt nach dem Grund und ertrinken dabei. Ach Papa. Du bist krank geworden. Mama auch, aber das hast du nie gesehen. Doch, Papa. Guck nur mal richtig hin. Deine Frau ist neben dir krank geworden. Es gibt für eine Frau nichts Schlimmeres als neben einem Mann zu leben, der sie nicht liebt. Ich weiß, wovon ich rede, Papa. Und das ist es, nicht wahr? Du willst nicht gefragt werden, warum du sie nicht mehr liebst, wann es anfing aufzuhören und wann es aufhörte weh zu tun und deshalb erzählst du diesen Quatsch von 3 ZKB mit Balkon. Ich hab ins Telefonbuch geguckt. Neben dem Haus, dessen Adresse du angegeben hast, ist ein Hospiz. Papa?! Papa?!

Der Freund der Tochter

Jetzt ist er weg und das Geschrei groß. Und es wird noch schlimmer, warten wir's ab. Wenn seine Frau morgens kein Frühstück mehr machen muss, keine Hemden mehr zu bügeln hat und die Nachbarn merken, dass sein Wagen nicht mehr vor der Tür steht. Wenn die Fragen kommen. Oder das Schweigen. Wenn die Freunde Partei beziehen oder sich betont neutral verhalten. Wenn sie nicht wissen, wer welche Einladungen wahrnehmen soll. Wenn der sich mal nicht zwischen alle Stühle gesetzt hat!

Andererseits war der alte Stuhl verdammt hart. Gibt auf Dauer Hämorrhoiden. Von außen scheinen die Verhältnisse klar. Madame bringt die Opfer. Wissen Sie, welchen Preis mancher Mann für das bisschen häuslichen Frieden zahlt? Wissen Sie, wie hart es draußen geworden ist? Wissen Sie, wie es ist, sich tagtäglich den „Beruflichen Herausforderungen", wie das neudeutsch heißt, zu stellen? Wenn Sie älter als 40 sind, haben

Sie weder EDV noch Mobbing mit der Muttermilch aufgesogen. Das will alles mühsam jeden Tag neu erlernt werden. Und abends zuhause ist dies und jenes, und das meistens teuer. Und die Ideale sind schon längst in eine 3-Zimmer-Wohnung gezogen und lassen uns machtlos zurück. Im Haus, im Beruf und irgendwann auch im Bett. Bald halten wir Waffenstillstand für Frieden.

Die Mutter

Ich habe gleich gesagt, das geht nicht gut. Gucken Sie nicht so, ich weiß selbst, wie verschroben das klingt. Nach 35 Jahren! Aber eine Mutter spürt, wenn ihr Kind verhungert. Und mein Sohn ist verhungert. Gucken Sie sich hier doch mal um! Wie aus einer dieser Zeitschriften für schönes Wohnen und gemütliches Dekorieren. Wo hier finden Sie meinen Sohn? Na? Hinten in der Ecke, über dem Kamin, sind ein paar seiner Marathonpokale. Das ist alles. Was ist schlimm daran, wenn ein Mann Sport treibt? Andere Männer gehen in Kneipen oder haben Frauen. Da konnte meine Schwiegertochter sich nun wirklich nicht beklagen. Sie hätte stolz sein können, ihn ein bisschen unterstützen, ein wenig bewundern, vielleicht mal mit zu den Läufen fahren. Statt dessen dieser Selbsterfahrungskram. Ansonsten nur Gemecker, Gezeter, von wegen er habe keine Zeit für sie. Du lieber Himmel! Statistisch gesehen sprechen Eheleute nach 10 Jahren noch 8

Minuten am Tag miteinander. Die wird er ja wohl gehabt haben. Und das andere – also ich meine – na Sie wissen schon. Gucken Sie meine Schwiegertochter doch an: dünn, zickig und vegan. Da hat ein Mann mittags nichts zwischen den Zähnen und nachts nichts in den Händen. Ein echter Mann braucht eben ab und zu ein richtiges Stück Fleisch, so ist das nun mal.

Die Schwiegermutter

Ich habe gleich gesagt, das geht nicht gut. Gucken Sie nicht so, ich weiß selbst, wie verschroben das klingt. Nach 35 Jahren! Aber eine Mutter spürt, wenn ihr Kind verhungert. Und meine Tochter ist verhungert! Gucken Sie sich hier doch mal um! Stil, Geschmack, Gemütlichkeit. Und hat er das zu würdigen gewusst? 35 Jahre hat sie ihm den Rücken freigehalten. Hinter jedem erfolgreichen Mann steht eine Frau, so ist das nun mal. Und was ist jetzt der Dank? Zwei Kinder groß gezogen, auf die eigene Karriere verzichtet - meine Tochter wollte Jura studieren, wurde dann Bürokauffrau - und jetzt?! Das Haus ist doch viel zu groß, und die Kinder schon längst raus, soll sie jetzt töpfern oder Basare organisieren oder was? Hat doch noch nicht mal einen eigenen sozialen Status, wenn man's genau nimmt. War doch immer nur die Frau von. Frauen sind so dumm. Erst werden sie von den Männern wegen ihrer Unabhängigkeit geliebt, dann geben sie genau die auf und werden nach einem halben Leben weggeworfen wie ein abgetragenes Hemd. Es ist – pardon – zum Kotzen!

Die Schwester

Haloooo?! Brrr, kalt draußen. Aber ganz klar. Man sieht jeden einzelnen Stern. Kann mir mal jemand mit den Päckchen helfen? Haloooo?! Fröhliche Weihnachten! Was guckt ihr denn alle so bedribbst? Wegen Gerhard? Der ist mir an der U-Bahn begegnet. Guckt mal, er hat mir doch glatt mit Lippenstift ein Herzchen auf die Wange gemalt. Nee, ich will kein Taschentuch. Das bleibt dran! Warum ist denn der Spiegel so verschmiert? Richtig glücklich sah Gerhard aus. Lässt schön grüßen. Soll ich euch mal was sagen? Verliebt ist der. Bis über beide Ohren! So glänzende Augen!

Hatte ich auch mal. Ich habe nämlich jahrelang einen anderen Mann geliebt, dass ihr's nur wisst. Er hatte sehr viel Geduld mit mir, und ich habe gewartet, gewartet, bis es zu spät war. Und wozu habe ich uns beide um wunderschöne Jahre betrogen? Damit die anderen so weiterleben konnten wie bisher, mein Mann mich weiter Muttchen nennen und mein Sohn sich für den Nabel der Welt halten konnte.
Hergott noch mal, jetzt macht doch nicht solche Gesichter. - Ist doch Weihnachten! Und in einer Woche fängt das neue Jahr an!

Und wenn sie keine Flügel hätten?!

Du hast dich so gewehrt, gekämpft,

bis zur letzten Minute dein Bewusstsein nicht verlassen.

Weine nicht, Mama!

Ich habe gesehen,

wie sie dich mit barmherzigen Flügeln zudeckten.

So hast du es nicht gewollt,

auf weißkalten Fliesen

ein hilfloser Käfer mit zappelnden Gliedern,

erst Stunden später von Pflegern gefunden.

Hab' keine Angst, Papa!

Ich habe den warmen Lufthauch gefühlt,

in jener Nacht, als sie dich zum Himmel trugen.

Sie hat dich jahrelang gepflegt

und schlief, als du vom Sofa fielst.

Gräme dich nicht, Albert!

Ich habe das federsanfte Kissen berührt,

auf das sie dich betteten.

Ein Abschiedsbrief, dein Auto und der alte Staubsauger
lassen deine Liebe und meine Tränen zurück.
Du hattest Recht, Michael!
Ich habe das goldene Lichttor gesehen
und ihr Singen gehört.

UND WENN SIE KEINE FLÜGEL HÄTTEN ?!

Tell me there's a heaven
tell me that it's true
tell me there's a reason
for I'm seeing what I do

Chris Rea

Beste Freundin

„Du bist alt, du hast Angst, und dich haben 'se in der Schule gehänselt". Melissa grinst mich triumphierend an. Sie hockt im Schneidersitz auf dem schwarzen Ledersessel neben meinem Schreibtisch. Sie ist 14, sie hat Angst und sie wird in der Schule gehänselt. Ich hasse sie.

Das „JA" pappte in großen orangen Buchstaben an meiner Kleiderschranktür, als ich 14 war. Ich hatte es aus einer Illustrierten ausgeschnitten. Das sollte man. Das stand da: „Schneiden Sie dieses ‚JA' aus und hängen es an Ihre Kleiderschranktür. Sagen Sie ‚Ja' zum schlechten Zeugnis Ihres Kindes." Es muss also Sommer gewesen sein, als ich das „JA" ausschnitt. Ich war 14, ich hatte Angst und ich wurde in der Schule gehänselt. Von denen mit den schlechten Zeugnissen. Von den Starken, die sich beim Sport die Mannschaften aussuchen durften. Von denen, die schon Hasch geraucht hatten. Von den Schönen, denen die Jungs nachstiegen. Von denen mit reichen Eltern. Von denen mit großen Brüdern. Von denen, die beschützt und bewundert wurden und die nicht ihr Haar verfilzen und ihre Kleidung verschmuddeln lassen mussten. Von denen, denen keine Gefahr drohte. Von denen drohte mir keine Gefahr.

Die Gefahr kommt von innen, wusste ich. Von tief drinnen, wo keiner rankommt und keiner reinguckt und keiner helfen kann. Wenn was von außen droht, rotten sich alle zusammen im wohligen Stallgeruch. Aber gegen das von innen hilft nur ein JA. Und dann, ja dann triffst du einen Menschen, der das JA hört und das Innen sieht. Er spricht wenig, liebt leise und macht kein Aufhebens. Er sagt einfach JA und nimmt dich mit. Und du hast auf einmal gewaschenes Haar, saubere Kleidung, einen großen Bruder, Eltern und eine Sportmannschaft.

Morgen gehe ich zu deiner Silberhochzeit.

Bitte nicht stören

I.

Am ersten Tag denkt Anna sich nichts dabei. Das Schild an der Tür des Nebenzimmers verkündet rot und dreisprachig, dass hier niemand gestört werden will. Am zweiten Tag schmunzelt Anna bei dem Gedanken an ein junges Liebespaar. Am dritten Tag achtet sie schon morgens auf die Tür mit dem roten Schild. Als sie mittags zum Pool geht, hängt es da, nachmittags auf dem Weg zum Meer sieht sie es und abends nach dem Dinner immer noch.

Anna fühlt sich für ihren Nachbarn verantwortlich. Sein Zimmer liegt direkt neben ihrem. Wenn sie sich auf dem Balkon weit über die Brüstung beugt, kann sie um die Trennmauer herum in das Fenster nebenan spähen. Das Zimmer ist hell erleuchtet. Der Mann liegt komplett angezogen auf dem gemachten Bett und sieht fern. Soweit sie sehen kann, ist alles ordentlich aufgeräumt; auf dem Nachttisch steht eine geöffnete Bierflasche. Anna atmet tief und geht ein paar Schritte zurück. Der Blick aufs Meer ist atemberaubend, die Sterne funkeln, und auch der Mond erspart ihr nichts.

Am nächsten Morgen sieht Anna als erstes nach ihrem Nachbarn. Das Licht brennt, er liegt – diesmal im Schlafanzug – auf dem

Bett und sieht fern. Es wird ihr Gewohnheit, morgens und abends vom Balkon aus in das Nachbarzimmer zu spähen. Der Mann liegt jedes Mal auf dem Bett, meistens sieht er fern, manchmal schläft oder onaniert er.

Der Mann verlässt das Zimmer nie. Sie sieht auch niemanden hinein- oder hinausgehen. Kein Zimmermädchen, keinen Kellner, keine Putzfrau. Einmal ruft sie seine Zimmernummer an. Sie hört durch die Wand das Telefon klingeln, aber der Hörer bleibt liegen.

II.

Am ersten Tag dachte Anna sich nichts dabei.

Man hatte es ihr erzählt, mit dieser Mischung aus Häme, Mitgefühl, Neugier und Schadenfreude, in der eigenen Angst also, dass Glück bricht und Vertrauen den Boden verliert an einem heimeligen Adventsonntag mit Kerzen und Plätzchen, nicht wahr, niemand ist geschützt davor, auch du nicht, du gerade nicht, die du so blind vertraust, weil du so dringend darauf angewiesen bist. Jede Frau und jeder Mann bekommt das irgendwann erzählt, und ob und wie viel man davon glaubt, hängt doch vor allem davon ab, was man überhaupt wissen will.

Es kroch aus allen Ecken in den Tennisclub, den Chor, den Literaturverein, die Frauengruppe, wurde zum Thema auf dem Weihnachtsbasar. Man theoretisierte – die Genital-Erotik lässt doch ohnehin nach, nicht wahr -, riet zur Geduld – der kommt schon wieder, wart's nur ab – zur Souveränität – ich habe meinen Mann nie gefragt -, und, überhaupt, was ist denn ein Seitensprung, warum machen wir ihn am Bettpfosten fest, warum nicht an langen Gesprächen, Telefonaten, Mails oder dem Internetportal. Heute kriegt man vom Sex keine Kinder mehr, so what? Und Liebe – da hört's doch komplett auf, oder kennt man einen einzigen Menschen, der weiß, was das ist?

Nein, das weiß man nicht, das fühlt man, dachte Anna, und wir fühlen vor allem, wenn die Liebe vorbei ist, lange noch bevor das Wissen im Kopf und die Worte auf der Zunge sind fühlen unser Herz, unser Bauch, unser ganzer Körper diese entsetzliche Einsamkeit, und wir bekommen Kinder, bauen Häuser und schreiben Bücher und kommen doch nicht davon.

III.

Am ersten Tag dachte Wilfried sich nichts dabei. Die Geschichte ging herum, im Betrieb, in der Kantine, auf Dienstreisen: Da ist einer, der macht es besonders raffiniert. Wilfried liebte seine

66

Anna und ging nicht fremd wie die Kollegen, die auf Tagungen und Dienstreisen ihre kleinen Abenteuer hatten. Er ging also abends statt dessen früh ins Hotelzimmer, und so entstand das Gerücht, er habe dort seinen Spaß. Wenn er nicht überhaupt heimlich das Hotel durch den Hinterausgang verließ, der raffinierte Schlingel. Wilfried wurde in den Augen der anderen zum Schwerenöter. Als er anfing, sich etwas dabei zu denken, war es zu spät, die herum schwirrenden Gerüchte hatten Anna längst erreicht.

IV.

Anna stellte Wilfried zur Rede. Sie war eifersüchtig, inszenierte, tobte, schrie, weinte, lachte, war zynisch, verletzt, Kind, Frau, moralisch und wütend. Irgendwann in der Nacht schlug die Stimmung um. Anna wurde – zu ihrer eigenen und Wilfrieds Überraschung – geil. Scharf, wie sie es seit Jahren nicht mehr gewesen war. Keiner von beiden hätte später sagen können, wie und warum, aber sie fielen übereinander her wie ein junges Liebespaar, rissen sich atemlos die Kleider vom Leib und ließen erst nach einer Stunde nass und erschöpft voneinander. Danach waren sie allein. Sie mit ihrem Verdacht und er mit dem Wissen, ihr niemals seine Angst zeigen zu dürfen, und dass er allein war und klein und abhängig, weil er sie liebte. Wenn er sie noch liebte. Jetzt

V.

Anna ist dann weggefahren. Hat sich ein Zimmer mit Meerblick in einem Luxus-Schuppen mit Thalasso, Therapie und Trara gemietet. Sie wollte allein sein, nachdenken, während der Feiertage nicht das übliche Theater spielen müssen. Sie hat Wilfried das Reiseziel nicht genannt, es war ohnehin leicht herauszufinden.

VI.

Wilfried ist seiner Frau nachgefahren und hat das Zimmer neben ihrem gemietet. Zum Selbstmord fehlt ihm der Mut, also sieht er ausgiebig fern, das kommt der Sache am nächsten. Er merkt, dass Anna ihn seit dem dritten Tag beobachtet, und manchmal onaniert er, um sie aus der Reserve zu locken. Aber als sie anruft, bleibt der Hörer liegen.

VII.

Anna hat sich an der Rezeption den Gezeiten-Kalender geben lassen. Sie liegt auf dem Rücken und lässt sich von den Wellen tragen. Hinter der Brandung werden sie ganz sanft und weich. Das Wasser ist warm und salzig. Anna sieht in den Himmel. Es ist Ebbe, jetzt. Sie kann den Mann am Strand nicht sehen.

Du sollst nicht töten

Vor Weihnachten hat die dreißigjährige Hannah B. der Fleischereifachverkäuferin Anna C. den Schädel gespalten. Es geschah dies ohne eigentliche Absicht. Es war auch nicht so, dass sich Hannah B. und die Fleischereifachverkäuferin kannten, schon gar nicht, dass Hannah B. irgendeinen Groll gegen die Unbekannte hegte. Es handelte sich vielmehr um einen bedauerlichen Zufall, der jeden Tag passieren kann.

Es geschah am 22.12. gegen 12 Uhr mittags. Hannah B. und ihr Mann beabsichtigten, im Wald einen Weihnachtsbaum zu schlagen. Genauer gesagt geschah dies auf Anweisung von Hannah Bs. Mann. Hannah B. selbst hatte die Notwendigkeit des Selbst-Schlagens angesichts der Unmenge von Weihnachtsbaum-Verkaufsständen noch nie einsehen können. Ihr Mann lehnte jedoch jede Art von Verweichlichung ab und wähnte überdies in Weihnachtsbaumverkäufern per se Spitzbuben, die entweder die falsche Baumlänge angäben und seltsamerweise nie, wirklich nie, einen Zollstock zur Hand hätten oder in falscher Kundenfreundlichkeit die Bäume bereits in Transportnetzen verpackt bereithielten und so Schönheitsfehler verdeckten und überhaupt immer, wirklich immer, zu hohe Preise verlangten.

Hannah B. war also mit ihrem Mann auf dem Weg in den Wald, als ihr einfiel, dass sie für die traditionellen Heiligabend-Pasteten noch ein paar Zutaten benötigte.

Nun lag Hannah B. absolut nichts an Pasteten. Da aber ihre Mutter seit Hannah B. denken konnte, an Heiligabend Pasteten gereicht hatte – was ein wesentlicher Grund für Hannahs B.'s Abneigung gegen eben dieses Gebäck war -, da also ihre Mutter Pasteten zu Heiligabend kochte oder backte oder was auch immer, und da sich Hannahs B's Vater nach dem Tod der Mutter beharrlich weigerte, Heiligabend etwas anderes als Pasteten zu verzehren, bat Hannah B. ihren Mann, vor dem Schlagen des Weihnachtsbaumes noch kurz in die Stadt zu fahren, um die nötigen Zutaten für herzhafte und süße Pasteten zu besorgen. Wir können uns an dieser Stelle bereits vorstellen, dass Hannah B. süße Pasteten ebenso verachtete wie die mit Fleisch oder Gemüse gefüllten, aber ihr achtjähriger Sohn Friedrich Wilhelm, der die Abneigung seiner Mutter gegen Pasteten im Prinzip teilte, war nur durch eine süße Reisbrei-Kirsch-Mischung zum Verzehr ebendieser zu bewegen.

Als nun also Hannah B. ihren Mann bat, noch einige Geschäfte aufzusuchen, äußerte dieser Bedenken bezüglich der Lagerfähigkeit von Lebensmitteln in dem beheizten Auto während der Zeit des Christbaumschlagens bezüglich des zu erwartenden Preis-Leistungs-Verhältnisses der Lebensmittel angesichts der hohen Nachfrage kurz vor Weihnachten und bezüglich der Schwierigkeiten einer Parkplatzsuche.

Nachdem ihr Mann Hannah B.'s Vorschlag, im ungeheizten Auto zum Wald zu fahren, akzeptiert hatte, die Unmöglichkeit eines vollständigen Preisvergleiches von Artikeln, die man eben nicht täglich kauft, nachvollziehen konnte und sich dahingehend eingelassen hatte, dass für Hannah B. am folgenden Tag ein Einkauf in der Tat umständlicher sein würde, da ihr ständig einnässender Vater aus der Seniorenresidenz abgeholt werden musste und schwerlich am Einkauf teilnehmen konnte, nachdem ihr Mann also insoweit seine Bereitschaft, Hannah B.'s. Bitte nachzukommen, signalisiert hatte, parkte er das Auto im Zentrum der Kleinstadt L.

Hannah B. kam mit ihrem Mann überein, dass er in die Fleischerei und die Bäckerei, sie hingegen in einen kleinen Lebensmittelmarkt gehen würde, und sie sich in spätestens 20 Minuten – pünktlich – wieder am Auto träfen.

Hannah B. hatte beim Einsteigen ins Auto das zum Schlagen des Weihnachtsbaumes bestimmte Beil in ihren auf dem Rücksitz befindlichen Einkaufskorb gelegt, so dass sie nun, als sie den Korb griff, das Beil mitnahm. Dieser Umstand entging ihr jedoch völlig. Vielmehr erinnerte sie sich auf dem Weg zum Lebensmittelmarkt ihrer Blase, die schon seit mindestens einer halben Stunde schmerzlich gefüllt war. Hannah B. wollte dies ihrem ohnehin ob der vielen Imponderabilien dieses 22. Dezembers gereizten Mann jedoch nicht mitteilen, zumal dieser seit Hannah Bs. Nierenkrebserkrankung und dem damit verbundenen Verlust ihrer Niere im vergangenen Jahr nervlich sehr angespannt war; ein Zustand, dem Hannah B. vollstes Verständnis entgegenbrachte, und den sie durch beständiges Jammern nicht zu verschlimmern gedachte.

Als Hannah B. also in Gedanken nach einer auch für ihren Mann akzeptablen Lösung ihres Blasen-Problems suchte, fiel ihr ein, dass zu der Fleischerei, in der ihr Mann gerade einkaufte, ein gutbürgerliches Lokal gehörte, das sich gerne der Tatsache rühmte, Fleisch aus eigener – und deshalb einwandfreier – Schlachtung anzubieten. Hannah B. machte also kehrt, betrat das völlig leere Lokal, in dem naturgemäß niemand ihren Gruß erwiderte, ging zur Toilette und entleerte ihre Blase. Immerhin kamen ihr nun Bedenken, inwieweit sie die 20-Minuten-Frist bis zum vereinbarten Treffen mit ihrem Mann einhalten konnte, und sie entschloss sich, diesen kurz zu informieren. Sie betrat also die Metzgerei, als Anna C., die Fleischereifachverkäuferin, die an diesem Tage ihre bereits in den Weihnachtsurlaub verreiste

Chefin zu vertreten die Aufgabe hatte, den ungeliebten und seit Jahren von ihr als Zumutung empfundenen Kühlraum verließ, auf Hannah B. zutrat und sie recht barsch darauf hinwies, dass die Toilette nur für Kunden der Metzgerei bzw. Gäste des Lokals kostenlos zur Verfügung stünde. Hannah B. fiel in diesem Moment nicht ein, darauf hinzuweisen, dass ihr Mann gerade im Begriff stand, einen nicht unerheblichen Betrag in der Fleischerei auszugeben, vielmehr griff sie aus einem unklaren Schuldgefühl heraus in ihren Korb, mit der Absicht, aus dem Portemonnaie eine ihr angemessen erscheinende Menge Kleingeld als Entschädigung für die ungerechtfertigte Benutzung der Toilettenanlage zu entnehmen.

Ihre Hand landete jedoch auf dem Beil; und ohne dass Hannah B. später dem um Verständnis bemühten Richter, dem jungen und um den Aufbau seines Rufes besorgten Anwalt, dem überaus kompetenten Gerichtspsychologen oder gar Journalisten und Talkmastern, ja noch nicht einmal ihrem nun vollends am Leben verzweifelten Mann oder - so wahr ihr Gott helfe - sich selbst auch nur einen einzigen halbwegs einleuchtenden Grund hätte nennen können, ohne den Schatten eines Motivs also, nahm Hannah B. das Beil mit der rechten Hand aus dem Korb, ließ diesen fallen, griff das Beil mit beiden Händen, holte aus und spaltete der Fleischereifachverkäuferin Anna C. den Schädel.

Es geschah dies so schnell und mit so erstaunlicher Kraft, dass nur ein sehr aufmerksamer Beobachter für einen Sekundenbruchteil in den Gesichtern der beiden Frauen einen Ausdruck von Erleichterung und Befreiung hätte wahrnehmen können.

Du sollst Vater und Mutter ehren

„Beim ersten Mal, da tut's noch weh",
Beine auseinander.
„da glaubt man noch, dass man es nie verwinden kann."
Beine zusammen.

„Doch mit der Zeit, so peu à peu",
Puh ...
„gewöhnt man sich daran."
Sprung ins nächste Kästchen. Geschafft!

Das Kind springt sein Hickelspiel im Takt der Melodie und überlegt, woran man sich mit der Zeit gewöhnt: an Helgas Haareziepen vielleicht oder an das wöchentliche Baden, an den Kirchgang am Sonntag und an den Weg mit Oma zum Friedhof. An den Zahnarzt nicht, auch nicht an Vaters Schläge. Die tun weh. Immer. Das erste Mal ist lange her. Das Kind erinnert sich nicht.

Das Kind wird älter und ahnt eine andere Bedeutung des Liedes. Es fragt die Mutter, an was sie denke, wenn sie das Lied singt. Es sei so furchtbar, antwortet die Mutter, eigentlich gewöhne man sich nie daran. Nein, nie. Das Kind denkt an die vielen Onkels, die oft zu Besuch sind. Braucht Mutter die alle, um sich zu gewöhnen? Das Kind denkt an den Vater.

Das Kind lernt in der Schule. Es fragt die Mutter nach ihrer Geschichte. Sie erzählt, die Familie habe überlebt, immerhin, und zeigt ein Foto von Großmutter: eine wunderschöne Frau. Die Mutter sagt, das sei nicht gut gewesen, damals. Oma sei sehr krank geworden – danach. Du bist auch krank, sagt das Kind.

Das Kind fragt den Vater nach seiner Geschichte. Er erzählt, damals war man noch wer. Er singt alte Lieder und zeigt Fotos von großen Männern in glänzenden Uniformen. Einer davon ist Großvater. Er steht vor einem schönen Haus, das heute anderen gehört. Der Vater sagt, das sei nicht recht gewesen. Man habe einen fairen Preis gezahlt, damals. Du kannst nicht mehr lachen, sagt das Kind.

Das Kind hat nichts gegen seine Eltern außer Mitleid und guten Ratschlägen.

Denn mit der Zeit, so peu à peu, gewöhnt man sich daran.

Vorbereitung einer Lesung

Es sei beachtlich, sagt der Organisator einer Veranstaltung: In den Vorgesprächen zur Lesung sei deutlich geworden, dass Frauen sich wieder mit Männern definieren. Oder sagte er zu Männern? Vor Männern? Hinter Männern? Männer also als Hintermänner oder doch lieber Übermänner? Dann doch lieber unter Männern. Allein unter Männern? Zwischen Männern? Zwischenmenschlichkeit oder dann doch mit Männern, also Mitmenschen?.

Jedenfalls gehe es nicht – mehr – ohne Männer. Sagt der Organisator dieser Veranstaltung. Ich assoziiere Licht-Schatten und *Eine Frau ohne Mann ist wie ein Fisch ohne Fahrrad* und nicke brav ins Telefon und über den Tisch zu meinem Liebsten. Gott sei Dank, nicht wahr, sei das heute viel entkrampfter, und was es denn für die Lesung sein dürfe, etwas Erotik auch dabei? Ich hätte da was über die Schwierigkeiten der Männer beim Kondomieren. Nein. Kon-do-mie-ren. Ja. Von Kondom. Mein Telefonpartner und mein Liebster schlucken. Nein, also besser nicht, so zur Kaffeezeit, dann doch lieber was Zeitkritisches, also über die Rolle der Frau und so. Über die Rolle der Frau mit oder ohne Mann, unter Mann, über Mann, Prinzenrolle, Rollenspiel ... Und schöne Zeit bis dahin und ja, Sie können sich auf mich verlassen. Ich bin pünktlich. Immer.

Mein Liebster bemerkt, dass nur die Männer ungeschickt mit Kondomen herumfummeln, die mit der derlei wenig Übung hätten, also nicht die Schlechtesten. Oder die Verheirateten. Also die Treuen und die fast Treuen. Und ich sage, dass ich meinen alten Text sowieso nicht mehr mag, ein unreifes Lachen auf Kosten anderer, um die eigene Unsicherheit zu vertuschen. Oder soll ich gleich Angst sagen? Von der Angst reden beim immer wieder Ersten Mal? Beim ersten Mal, da tut's noch weh, später gibt sich das nicht, aber es lernt sich, lernt sich wie fast alles im Leben, bis auf das Sterben, dafür gibt's für die meisten keine Generalprobe, wenn nicht der Abschied als kleiner Tod zählt und welcher Abschied dann, der beim Gutenachtsagen oder der beim Verlassen und Verlassenwerden? Jedenfalls lernt sich das Lieben irgendwie, das wir dann später der Einfachheit halber manchmal seinlassen und bumsen nennen, und niemand hat uns gesagt, dass die Haut dünner wird mit den Jahren und die Kraft nachlässt und Oma doch Recht hatte. Manchmal.

Stattdessen: Ist eine Frau eine wirkliche, also ich meine, eine richtige Frau ohne Mann? Und wird ein Mann erst zum Mann durch seine Frau? Lernen Fische Fahrrad fahren und können sie dieses dann reparieren? Mein Liebster kann Fahrräder reparieren. Wenn er mein Fahrrad repariert, werde ich geholfen und fühle mich beschützt. Ich habe aber kein Fahrrad. Also muss ich etwas anderes zum Reparieren beibringen. Meine Seele vielleicht oder meine Sexualität oder einfach nur das Fenster. Wir reparieren also das Fenster und sind noch einmal davon gekommen.

Der Rosenverkäufer

R. verkauft Rosen in Restaurants. Freitags und samstags. Seine Haut ist dunkel. Als er seine Heimat verließ, hatte er Träume. Heute verkauft R. Rosen. Freitags und samstags für eine Drückerkolonne. Die gibt einem die Hälfte der Einnahmen, dessen Gesicht R. nicht kennt. Er hat auch keinen Spiegel. Deshalb weiß R. nicht, wie sein eigenes Gesicht aussieht. Nicht beim Aufstehen und nicht, wenn er die Türen der Restaurants öffnet. Freitags und samstags. Die Menschen im Restaurant sehen ihn nicht an. Sie erkennen R. nicht, denn sie kennen sein Gesicht nicht, weil sie ihn nie ansehen. Sie könnten ihn grüßen. Freundlich. Wenn sie ihm schon nicht aus dem Weg gehen können. Wie dem Bettler auf der Straße. Der kommt wenigstens nicht an den Tisch. Sie grüßen R nicht. Weil sie ihn nicht erkennen.

Vielleicht war R. da, wo er herkommt, einer von uns. Können wir einem von uns eine Rose abkaufen? Einen von uns würden wir an unseren Tisch bitten. Können wir einen Rosenverkäufer an unseren Tisch holen? Immerhin sind wir keine Rosenverkäufer. Hier nicht.

R. wird man am besten durch den Kauf einer Rose los. Die Rose ist zu teuer und nicht mehr frisch. Der Kavalier überlegt: Kauft er die Rose, hält die Liebste ihn für protzig. Kauft er die Rose nicht,

denkt die Liebste, er sei geizig. Oder ungalant. Oder ausländerfeindlich.

Der Kavalier kauft die Rose. Das Symbol der Liebe verblüht noch
am selben Abend.

Schleierhaft

So, da sind wir. Sekunde, ich muss die Karte hier rein stecken. Siehst du, Licht, Klimaanlage, alles da. Komm rein. Setz dich. Nein, nicht aufs Bett. Hier, auf den Sessel. Möchtest du was trinken? Hier ist die Minibar. Was guckst du? Bier? Kommt gar nicht in Frage! Wasser, Limo, Cola, Saft? Cola? Meinetwegen. Moment, ich hole ein Glas. Jetzt bleib doch mal sitzen. Ach, du willst ins Bad? Da. Bitte.

Hast du geduscht? Ich hab's plätschern hören. Wenigstens bist du wieder angezogen. Halbwegs zumindest. Ist in Ordnung. Setz dich wieder. Stopp! Fass mich nicht an! Stopp! Da. Sitz! Auf Sessel. Brav! Guck nicht so hilflos. Kannst einem ja richtig leid tun. Also, pass auf: Du tust nichts anderes, als dasitzen und mir zuhören. Du verstehst nichts, ist schon klar. Macht nix. Männer verstehen mich nie, das bin ich gewohnt. Obwohl – du bist ja noch gar kein richtiger Mann, da wären die Chancen vielleicht ganz gut. Wie alt bist du? 17, 18, schon 20? Ihr seid schwer zu schätzen. Seht irgendwie alle gleich aus mit euren schwarzen Haaren und den herrlichen braunen Augen. Was für Augen! Jedenfalls bleibst du jetzt da sitzen, und nachher kriegst du 50 Euro und eine Jeans. Auf die seid ihr ganz wild, hat die Reiseleiterin erzählt. Ich habe die kleinste Herrengröße genommen mit extra langen Beinen, die kannst du dann passend schneiden.

Erst hab ich das gar nicht kapiert. Auf dem Basar, als mich die jungen Männer angesprochen haben. „Bist du allein, bist du ohne Mann? Wir sind hier alle ganz heiß." Und so weiter. Du lieber Himmel, ich habe Ekreme gefragt, was das soll. Ekreme aus dem Hotel, wie Crème de la Crème, auch Gast, aber Türke. Er hat gelacht. „Die spüren gleich, dass ich dich nicht ... Also eigentlich eine Beleidigung für mich, aber wenn du willst, arrangiere ich da was." Der kam gar nicht auf die Idee, dass mich das beleidigen könnte. Bin ich denn schon so alt und hässlich, dass ich dafür ... Ich will sofort zurück nach Hause.

Also war ich erst beleidigt und später bestürzt. Ich dachte an deine Mama. Die ist bestimmt jünger als ich. Ihr kommt aus den Bergen, sagt die Reiseleiterin. Deine Mama kennt Frauen wie mich sicher nur aus dem Fernsehen. Und da sieht sie, dass wir in teure Palasthotels fahren, die wir zu Hause gar nicht bezahlen könnten, und kleine Kinder vernaschen. Wenn die radikal wird, kann ich das voll und ganz verstehen. Was sagst du zu Hause, wie du dein Geld verdienst, he? Und was machst du später, in 10 Jahren? Die Türkei will in die EU. Benutzt ihr eigentlich Kondome? Um Gottes Willen, ist ja gut, ich hab's gesehen, lass stecken. Aber schön, dass du welche dabei hast. Sitzenbleiben!

Was mache ich eigentlich hier? Wie die Männer, die sich manchmal großartig vorkommen, wenn sie fragen, statt zu ficken. Ich weiß nicht, ob du hierhin gehörst. Ich weiß nicht, was du für Alternativen hättest. Und ich kann dir noch nicht einmal sagen, dass Sex nur mit Liebe geht. Nicht mehr. Leider. Irgendwann verlieren wir alle unsere Unschuld. Aber deshalb gleich Kids vernaschen und zu Hause cool und tough Fleisch und Flüssigkeit verachten und die eigenen Männer in die Puffs treiben?! Hier machen Russinnen die Jobs, sagt die Reiseleiterin.

Eure Frauen sind ja teilweise noch verschleiert. Finde ich gar nicht so schlimm. Dürfte ich bei uns auch nicht laut sagen. Aber was wirkt erotischer als ausdrucksvolle Augen hinter einem Schleier? Von Erotik hat fast jede Nation mehr Ahnung als die Deutschen. Und Schutz schätzen Frauen jeden Alters, machen wir uns nichts vor. Aber wie das so ist: Was schützt, trennt auch. Ein Schirm versperrt die Sicht. Also, wir sind nicht verschleiert, aber emanzipiert. Und wie! Wir sind die besseren Männer. Emanzipiert heißt frei und ungebunden. Wozu? Ich meine, Freiheit von ... heißt doch immer auch Freiheit zu ... Zu was? Ekreme meint, Frauen seien nun mal nicht dafür geboren, Entscheidungen zu treffen. Besser wäre, Männer träfen die, dann könnten die Frauen bei ihren Freundinnen über den Pascha meckern, ohne selbst die Folgen tragen zu müssen. Und weiter sagt er: Alles was mit „... ismus" endet, ist gefährlich: Nationalismus, Faschismus, Radikalismus, Kommunismus, Islamismus, Feminismus ...

Schluss.

Einerlei, zweierlei, dreierlei

Vorsatz

Ausgerechnet an Nikolaus die vielen Vorträge zur Einweihung des neuen Gebäudes. Sandra drückte unauffällig das Kreuz durch. Gerade hatte jemand gesagt: Menschen wenden sich wie Sonnenblumen in die Richtung, aus der sie angestrahlt werden. Sandra gefiel das Bild. Sie war allerdings der Ansicht, dass es nicht nur Sonnenblumen auf der Welt gibt, sondern auch Schwarzwurzeln, beispielsweise, und die wollen sich nun mal nicht anstrahlen lassen. „Kann man aus Schwarzwurzeln Sonnenblumen züchten?", flüsterte sie ihrem Kollegen zu. Sascha grinste. Er runzelte die Stirn, als hänge er ernsten Gedanken nach, dann notierte er auf seinem Schreibblock „Die Schwarzwurzel im Wandel der Zeit unter besonderer Berücksichtigung wachsender Sonneneinstrahlung". Den Block schob er Sandra hin, die mit rotem Filzstift eine Sonne und das Wort OZON dazu malte.

Die beiden sahen wieder nach vorn. Die Reden waren kurzweiliger als befürchtet, und sie hatten nur wenig Hunger, weil es vorher Häppchen gegeben hatte. „Häppchen" war eines von Saschas Lieblingswörtern, und er konnte eine regelrechte Show daraus machen.

86

Sandra mochte Sascha. Er war eine willkommene Abwechslung im Einheitsgrau der Kollegen. Sandra war entsetzt, was aus ihnen geworden war. Früher hatte Idealismus oft fehlende Fachkenntnis ersetzt, aber sie waren lebendig gewesen, jung und voller Tatendrang. Heute waren die Häuser abbezahlt, die Kinder flügge, und die Rente wurde immer unsicherer. Aktienkurse, Wirtschaftslage und Autobahn-Blitzer blendeten. Über das wahre Grauen sprach niemand. Ein paar Ältere waren schon im ersten Jahr der Rente gestorben. Von den jüngeren Kollegen wurden immer mehr krank. Sandra hatte seit kurzem einen Organspendeausweis. Sie sah Sascha von der Seite an. Sein Zeitvertrag war nicht verlängert worden. Dann gehe ich halt nach Berlin, hatte er gesagt.

Manchmal fragte Sandra sich, was die anderen wohl von ihr hielten. Sie verbat sich die Wahrheit strikt. Ab 35, fand sie, hat man sich Lügen redlich verdient. Oft sprach sie von Anstand, Demut, Scham, Treue und Verzweiflung - zu oft, wie Klaus wahrscheinlich anmerken würde. Klaus, ein Mann auf Augenhöhe - und mit Ehefrau. Sascha hatte schon oft gesagt, Sandra solle das Problem mit Klaus endgültig lösen. Sie müsse Gefühle ernst nehmen, sagte Sascha manchmal, und Sandra fragte ihn nie, was er damit meinte.

Die Reden waren beendet. Hinweise auf das kalt-warme Buffet, Beifall, Stühle rücken, Füße scharren in Richtung Ausgang.

Sandra musste zum Klo. Dort starrte sie fassungslos in den Spiegel. Etwas später wusch sie sich die Hände und ging nach draußen, Sascha am Buffet suchen.

Er stand als Letzter in der Schlange. Sandra zog ihn am Ärmel Richtung Damenklo. „Komm mal schnell!"

„Mit dir aufs Klo? Dafür lass ich doch glatt alles stehen."

Sie öffnete die Tür und zeigte zum Spiegel.

Sascha umarmte sie liebevoll. „Wir sind ein schönes Paar, ich weiß, aber hätte ich das nicht auch mit vollem Magen feststellen können?"

"Sascha! Eben stand da, also mit Lippenstift, stand da eben noch – Wart' mal – Krankenhaus Kemperhof Koblenz heute Nacht um zwei, und das Datum von heute, nein, morgen. Ehrlich! Wirklich!" Sascha sah sie an: „Mit Lippenstift? Krankenhaus? Heute Nacht?" In den Jahren ihrer Zusammenarbeit hatte er nie angezweifelt, was sie gesagt hatte. Er ging ganz nah an den Spiegel, hauchte ihn an und schielte von der Seite darauf. „Blitzblank. Hier sind nicht die geringsten Reste. Da muss einer mit Glasreiniger geschrubbt haben".

„Aber so schnell? Ich war doch keine drei Minuten draußen?!"

„Zewa wisch und Meister Propper ist porentief weg".

Sandra stöhnte. „Sascha! Aus! Sitz!"

Sascha machte Männchen. „Sitz ist doch super. Vielleicht hat in einer anderen Kabine jemand mit Glasreiniger und Mikrofasertuch gelauert, während meine Schönste ihr Bächlein machte, um die Bescherung hinterher abzuwischen. Vielleicht barg der Spiegel eine geheime Botschaft zwischen Liebenden. Rendezvous der Vampire am Krankenhaus. Sollte gerade weggeputzt werden, du kamst herein, die Leserin – oder Schreiberin - verschwand in der Kabine und ärgert sich jetzt grün und blau, dass jemand ihr Geheimnis kennt. Hat sie dich gesehen?"

„Weiß nicht. Wenn sie aufs Klo geklettert ist und über die Abtrennung geguckt hat. Oder unten drunter durch. Übrigens tauschen Liebende heutzutage geheime Botschaften per mail oder SMS."

Sascha wies jetzt ausnahmsweise nicht darauf hin, dass er moderne Kommunikationsmittel im Zusammenhang mit Liebesschwüren für absolut stillos hielt. Er sprach sonst reichlich oft darüber, und Sandra fragte sich, ob er seine Herren tatsächlich mit Liebesbriefen beglückte.

Jetzt hatte sie ganz andere Sorgen. „Ich will dahin."
„Du willst wohin?"
„Zum Krankenhaus. Heute Nacht um zwei."

„Bist du bescheuert? Oder eifersüchtig, weil du kein Date mitten in der Nacht hast? Was willste denn da? Kollege X gucken, wie er Kollegin Y auf der Krankenhaustreppe kuriert?"

„Ich habe Gründe. Oder Gefühle, meinetwegen. Vielleicht spinne ich ja."

„Toll. Lass mich raten: Ich soll mich da mit dir treffen, ja?"
Sandra nickte. Einer musste ja mit, denn allein hatte sie Angst. Angst und keinen Klaus.

Vernichtung

Neben der Leiche lagen in einer Klarsichthülle Personalausweis, Autopapiere, ein Organspendeausweis und eine Notiz in großer, deutlicher PC-Schrift:

Tod erfolgte durch Kopfschuss um 01:45 Uhr am 07.12. Organe dürften, insbesondere in Anbetracht der niedrigen Außentemperatur, ausnahmslos verwendbar sein. Bitte die verantwortlichen Stellen benachrichtigen. Danke! Und: Sorry!

Varianten:

1. Selbstmord

Sascha starrte auf die Leiche. Sie lag auf dem Bauch, eine Pistole neben der rechten Hand. Er erkannte die Jacke und das, was von den Haaren zu sehen war. Er würde Sandra nie wieder damit hänseln können, wie konsequent sie alles plante und zu Ende führte. Sascha bückte sich und warf einen Blick auf die Klarsichthülle. Er klingelte an der Krankenhauspforte und rannte zurück zum Auto.

2. Selbstverwirklichung

Sascha starrte auf die Leiche. Sie lag auf dem Bauch, eine Pistole neben der rechten Hand. Er klingelte an der Krankenhauspforte und rannte zurück zu seinem Auto.

Dort stand Sandra. Sie schien gerade erst angekommen zu sein.

„Sascha! Was ist denn los?“

„Auf der Treppe zum Krankenhaus liegt eine Leiche. Kopfschuss. Mausetot. Ich hab' an der Pforte geklingelt und bin ab“.

„Und?“

„Was – und?“

„Wer ist es?“

„Ja, meinste, ich hab' ihn gefragt? Um Vergebung, wenn ich Sie beim Totsein störe, aber wir wurden noch nicht vorgestellt?"

„War es denn ein Mann?"

„Ich glaube schon, aber er – ich meine sie, oder ist eine Leiche ein Es? – lag auf dem Bauch. Kurze Haare, und die waren ja vom Blut verschmiert, und dunkel ist es sowieso. Es kann genau so gut eine Frau gewesen sein, wenn ich drüber nachdenke."

„Es war ein Mann. Und – Sascha, du hast Recht: Es gibt Dinge, die sind mit moderner Kommunikation nicht zu regeln".

Vorsichtig tastete Sascha nach seinem Handy.

3. Selbstjustiz

Sascha starrte auf die Leiche. Sie lag auf dem Bauch. Er legte die Pistole neben Sandras rechte Hand. Wie er sie hasste, diese um Selbstverwirklichung ringenden, satten, ewig nörgelnden festangestellten Damen mittleren Alters, die einem jeden Happen vor der Nase wegschnappten! Er wollte nicht nach Berlin. Und er wollte Klaus.

Brief an Prof. Dr. Eckart Riehle

zum 20. Jahrestag des Mauerfalls 2009

zur Zeit des Mauerfalls mein Lebensgefährte

Lieber Eckart,

denke ich an damals, fallen mir als Erstes Pfirsichbäume ein.
Ungepflanzte Pfirsichbäume. Ich war zu Gast in Kleinmachnow.
Kurz nach der Wende wateten wir durch Schlammpfützen und
gingen kilometerweit zur Bushaltestelle. Eine Kollegin hatte mich
eingeladen. Eine graue Frau Mitte 50 mit Krebs, einer
heiratswilligen Tochter und Angst vor den Wessis mit ihren
Besitzansprüchen auf das grüne Land vor Berlin. Ich hatte ihr
versichern müssen, dass ich „drüben" keinerlei Verwandtschaft
oder Erbberechtigung habe. Dann lud sie mich ein. Der Vater,
erzählte sie, hatte im Oktober Geburtstag. Er aß so gern
Pfirsichkuchen. Deshalb musste sie schon im Februar anfangen
anzustehen wegen zwei Dosen Pfirsichen. Warum, fragte ich, hast
du keine Pfirsichbäume gepflanzt? Sie starrte mich an. Wir gingen
noch in den Friedrichstadtpalast, und danach wurde ich nicht
mehr eingeladen.

Ungepflanzte Pfirsichbäume, ungeborene Kinder, unausgespro-
chene Gedanken, ungelebte Lieben. Wir können unser Glück

93

nicht auf dem Unglück eines anderen aufbauen, sagte ich. Wir können unser Glück nicht opfern, um das Unglück eines anderen zu verhindern, hast du geantwortet. Du warst schon lange von deiner Frau getrennt, als wir uns kennenlernten. Und doch. Haben wir geahnt, dass wir mit einem Bein in der Vergangenheit steckenbleiben? Selbst wenn sie wirklich schrecklich war – und welche Vergangenheit ist schon ausschließlich katastrophal? - wir müssen dieses Bein gewaltsam herausreißen und versuchen den Rest unseres Lebens das Gleichgewicht wieder zu finden. Wir suchen Halt und fallen ins Leere, wenn uns wer die Krücken nimmt.

Einbeinige mit grauen Gesichtern in der Straßenbahn, an der Boiler-Bude, im neuen Kaufhaus. Ich dachte oft an meinen Vater. Er hatte auch nicht sprechen können.

Jedem Anfang wohnt ein Zauber inne. Für mich ein neuer Mann, eine neue Stadt, ein neues Leben. Für die BRD ein neues Wirtschaftswunder, Straßen, Autos, Kühlschränke, Waschmaschinen, ach was, Fabriken, Flugzeuge. Und nie mehr Raketen. Viele gingen rüber damals. Autohändler, Versicherungsmakler, Immobilienfirmen, Handwerker und – Wissenschaftler. In Karlsruhe wärst du nicht so einfach Professor geworden.

Wir haben es versucht. Du in Erfurt, ich in Untermaßfeld. Der Literaturverein Südthüringen gab Halt. Walter Werner. Sein Tod war sogar eine Meldung in der FAZ wert. Seine Briefe an mich schenkte ich seiner Witwe. Sie hatte mich gebeten, ihn doch noch einmal zu besuchen, aber es war so viel zu tun. Mein Beruf. Seit 20 Jahren schützt er mich vor dem Leben.

Du setzt dich bis heute in den Zug. Karlsruhe-Erfurt und zurück. Du lässt dich weder von Rüttelgleisen, zeternden Zicken noch bedürftigen Studenten davon abhalten, dich bewegen zu lassen. Bloß nicht eine Woche an ein und demselben Platz bleiben! Immer auf dem Sprung, immer gerade erst angekommen und fast schon wieder weg. 23 Professoren seid ihr in Erfurt, und davon leben drei dort. Drei! Das Land hat keinen Push-Faktor, sagst du. Ich kenne diesen Ausdruck nur im Zusammenhang mit meinem Busen, und der hat auch keinen. Möglich, dass jemand ihn trotzdem finden würde, den Push-Faktor. Jemand, der liebt. Warum liebst du das Land nicht, das dir Anerkennung, Geld und Freiheit schenkt?

Hätten wir damals Umleitungsschilder ernst genommen, wären wir nirgendwo angekommen.

Wir hatten Briefpapier mit Glaskugeln, erinnerst du dich? Glasperlenspiel statt Mails, Telefonate statt SMS, kein Handy.

Geschriebene Worte mit Mindesthaltbarkeit, die nicht einfach weggeklickt werden konnten, weil auf sie gewartet wurde.

Irgendwann habe ich aufgehört auf dich zu warten und bin dir abhanden gekommen. Gestern rief ich dich an, weil ich wieder einmal mit einem klugen Menschen sprechen wollte. Das Haus, in dem noch immer meine Jacke hing, hast du verkauft.

Vieles schrumpft zur Episode. Die Jahre treiben uns vor sich her, und wenn wir zu einem „Weißt du noch?" innehalten, sind es meist Anekdoten: der wirklich nette Ex-Stasi-Nachbar mit seiner zahmen Wildsau Rosi an der Hundeleine, die Lautsprecher im Wohnheim der ehemaligen Politischen Hochschule, die erste Soljanka unseres Lebens. Und natürlich die Sachsen.

Vor 15 Jahren haben wir mit deinem 50. den Beginn eines neuen Jahres, eines neuen Lebens, gefeiert. Es ärgert dich, dass du an Silvester Geburtstag hast, weil dich das ein ganzes Jahr älter macht. Dieses Jahr werde ich 50 (Barbie übrigens auch). Der Mauerfall wird 20 (das Internet übrigens auch), Weltkrieg II 70 und das Frauenwahlrecht 90. Siehst du: Wir werden alle älter.

Liebe Grüße und eine sanfte Umarmung,
Deine Susanne

Das Märchen vom frierenden Eisberg

Vor lange Zeit und vielleicht erst gestern war ein warmes Meer mit bunten Fischen, Wasserpflanzen, Korallen und Muscheln. Sie alle fühlten sich wohl in ihrem kleinen Reich und liebten es sehr. Einmal am Tag kam das große, starke Mammut zum Trinken an das Meer. Dann tummelten sich die Fische ganz dicht unter der Oberfläche und schwatzten mit ihrem Freund.

Im Sommer verdunstete das Meer ein wenig, wurde zur Wolke und kehrte im Herbst als Regen zurück. Dann erzählte es von der großen weiten Welt, und so wurde es seinen Bewohnern im Winter nie langweilig. Wenn es kalt wurde, fror das Meer nämlich zu. Unter dem Eis blieb es warm, und auf der Eisdecke liefen Kinder Schlittschuh. Das Meer freute sich über ihr fröhliches Lachen und Jauchzen.

Eines Tages verdunkelte sich der Himmel und die Sonne schien nicht mehr. Es wurde bitterkalt. Das Meer wunderte sich, weil doch noch gar kein Winter war, und fror vorsichtshalber ein bisschen zu. Es fragte das Mammut, was denn los sei. Aber das Mammut wusste auch nichts. Es sorgte sich sehr und blieb am Ufer des kleinen Meeres, weil es nicht allein sein wollte und bei den Fischen Trost fand. Als es immer kälter wurde, sagte das

Meer zu den bunten Fischen, Wasserpflanzen, Korallen und Muscheln: „Ich glaube, ich muss ganz zufrieren". Da bekamen sie große Angst, weil sie nicht sterben wollten. Das Meer aber erklärte ihnen: „Wenn ihr eingefroren seid, könnt ihr irgendwann wieder auftauen und seid wie vorher. Als ich als Wolke über die Häuser der Menschen geflogen bin, habe ich oft beobachtet, wie Gemüse und Obst in großen Schränken eingefroren und später wieder aufgetaut wurden. Es sah dann ganz frisch und lebendig aus." Da waren die Fische und Pflanzen beruhigt. Das Mammut aber hatte alles gehört und stieg ins Meer, weil es lieber mit seinen Freunden eingefroren werden wollte als allein bleiben.

Weil Eis mehr Platz braucht als Wasser, wurde aus dem hübschen kleinen Meer ein großer Eisberg. Die Fische, Pflanzen, Korallen, Muscheln und das große starke Mammut waren kalt und starr darin eingeschlossen. Keine Kinder liefen Schlittschuh, niemand lachte, es war totenstill. Ab und zu kamen ein paar Forscher, betrachteten und bewunderten den riesigen kalten Klotz und hieben hier und da ein paar Stücke ab, um sie zu untersuchen. Einmal aber brach dabei ein großer Eiszapfen ab und erschlug einen Wissenschaftler. Danach kamen auch keine Menschen mehr zu dem Eisberg.

So ging das Jahrmillionen oder Tage. Dann wurde der Himmel wieder hell, und ein klitzekleiner Sonnenstrahl kitzelte unseren

Eisberg an der Nase. Der Eisberg ärgerte sich sehr, weil er nicht niesen konnte. „Hau ab", sagte er zu dem Sonnenstrahl. Das war das Erste, was er seit langer, langer Zeit gesprochen hatte. Die Tiere in seinem Bauch wunderten sich. „Wer stört uns in unserer Ruhe?", fragten sie. Der Eisberg antwortete nicht, und es war wieder still. Der kleine Sonnenstrahl aber sah, dass der Eisberg sich ein ganz, ganz kleines bisschen in Richtung Wärme gedreht hatte. Und er erkannte die Fische, Wasserpflanzen, Korallen, Muscheln und das große, starke Mammut im Bauch des Eisberges. „Ob die nicht mal wieder Wärme, Licht und Lachen spüren wollen?", fragte sich der kleine Sonnenstrahl. Er fand eine Stelle am Eisberg, wo das Eis nicht ganz so dick war, und schien jeden Tag darauf. Es wurde Sommer und aus dem kleinen ein großer, kräftiger Sonnenstrahl. Da schmolz der Eisberg ein wenig und bildete einen kleinen See. In dem See quakten bald Frösche, surrten Libellen und die ersten Enten bauten ihre Nester.

Das ärgerte den Eisberg sehr. „Bisher hatte ich meine Ruhe", sagte er sich. Jetzt ist dieses ganze Krabbelzeug um mich herum, und ich spüre, wie ein Teil von mir wieder flüssig wird.". Am meisten aber verdross ihn, dass ihm nachts, wenn der Sonnenstrahl auf die andere Seite der Erde reiste, so kalt war. Und ein frierender Eisberg ist einfach lächerlich.

„Was ging es mir gut, als du noch nicht da warst", sagte er zu dem Sonnenstrahl. „Ich hatte meine Ruhe und musste nicht frieren. Tau mich bloß nicht auf. Ich weiß ja, wie das endet. Auf einmal bin ich wieder Wasser, und dann wird es kalt, und ich muss sowieso wieder zufrieren. Dann kann ich auch gleich Eisberg bleiben. Denk auch an die Fische, Pflanzen und das große starke Mammut in meinem Bauch. Für die bin ich schließlich verantwortlich".

Als der Eisberg so sprach, fühlte er ein Kribbeln im Bauch. „Siehst du, es geht schon los", sagte er zu dem Sonnenstrahl. Wie soll das nur enden? Kannst du nicht woanders hinscheinen?" „Kann ich," antwortete der Sonnenstrahl. „Es gibt genug Eisberge. Aber nirgendwo scheine ich so hell und warm wie bei dir. Du bist mein Eisberg. Aber selbst wenn du mich wegschickst – es ist Sommer. Es werden andere Sonnenstrahlen kommen." Der Eisberg wollte gar keinen anderen Sonnenstrahl, aber er hätte sich lieber alle Eiszapfen abgebrochen, als das zuzugeben.

Die Zeit verging oder blieb stehen. Der Sonnenstrahl schien, der Eisberg schmolz, und in der Nacht und im Winter fror er ganz entsetzlich. In seinem Bauch kribbelte es und in dem Schmelzwasser-See wuchs das Leben.

Eines Nachts, als der Eisberg besonders fror und kleine Eiskristalle weinte, träumte er davon, endlich wieder Meer zu sein. Tagsüber wärmte er sich an der Sonne und nachts spiegelte er das Mondlicht. Und wenn sein Sonnenstrahl unterwegs war, dunstete er schnell eine kleine Wolke und folgte seinem Schatz um die ganze Erde.

Und ich glaube fast, der Traum ist wahr geworden. Denn diese Geschichte hat mir ein großes, starkes Mammut erzählt, das ab und zu ein wenig niesen musste.

Das Märchen von den drei Tannenzapfen

Es war einmal eine große alte Tanne, die stand in einem Wald gar nicht weit von hier. An der Tanne hingen drei Tannenzapfen. Sie hießen Rabimmel, Rabammel und Rabum.

Kannst du dir wohl denken, woher sie ihre Namen hatten? Vor langer Zeit hatte die Tanne einmal beobachtet, wie auf der kleinen Lichtung nebenan viele Kinder um ein Feuer tanzten. Dabei sangen sie: "Ich geh mit meiner Laterne, Rabimmel, Rabammel, Rabum ..."
Das hatte der Tanne sehr gut gefallen: Den kleinsten, muntersten Tannenzapfen nannte sie Rabimmel, den etwas größeren Rabammel, und der dicke, gemütliche hieß Rabum.

Eines Tags im September, die Sonne schien gerade besonders schön durch die Zweige der großen alten Tanne und warf lustige Muster auf den Waldboden, sagte Rabimmel:
"Ich möchte hinaus, mir die Welt ansehen. Es ist so langweilig, tagaus, tagein an dieser Tanne zu hängen. Viel lieber möchte ich auf dem weichen Waldboden liegen und von unten die Sonnenstrahlen beobachten, wie sie durch die Zweige tanzen. Und wenn ich mich dann ausgeruht habe, geht's bis zur großen Lichtung, vielleicht sogar noch weiter.

Die beiden anderen Tannenzapfen entgegneten:

"Nein, nein. Wir haben es doch so gut auf unserer Tanne. Von hier aus können wir alles beobachten: die Vögel, die Rehe und Hirsche, sogar die kleinen Mäuschen am Boden und die frechen Fliegen in der Luft. Und ab und zu kommt in der Nacht die kluge Eule und erzählt uns, was in der Welt vor sich geht."

Aber der kleine Tannenzapfen gab sich damit nicht zufrieden.

Eines Nachts, als der Mond gerade besonders hell schien (es war nämlich Vollmond) und die Sterne um die Wette funkelten, sagte sich Rabimmel: "Jetzt oder nie". Er rüttelte an seinem Zweig, griff sich einen Mondstrahl und - huiiii - rutschte darauf auf den Waldboden. Padauz! Da hockte er etwas benommen im Gras. Durch das Mondlicht wirkte unser Rabimmel aber jetzt, als sei er aus Silber. Er sah an sich hinunter und dachte: "Ich bin ja ganz aus Silber. Ich bin ja schön und wertvoll!" Und er war ganz begeistert und konnte gar nicht aufhören, sich zu betrachten. Du weißt natürlich, dass Rabimmel nicht wirklich aus Silber war. Das Mondlicht verzauberte den ganzen Wald, also auch Rabimmel. Aber denk dir nur: Weil er so glücklich war, begann er ganz wirklich zu strahlen und zu glänzen. Zufrieden und glücklich lag er so bis zum Morgen.

Am Morgen nun ging die kleine Natalie mit ihrem Bruder Fabian durch den Wald. Zu Weihnachten sollte in der Schule eine große Krippe gebaut werden, und die beiden suchten nach Moos und schönen Pflanzen, die sie trocknen und bis dahin aufheben wollten. Dabei fanden sie Rabimmel. "Schau mal, Fabian, was für ein wunderschöner Tannenzapfen", sagte die kleine Natalie. Und vorsichtig hob sie Rabimmel auf und legte ihn in ihr Körbchen. Rabimmel hatte zuerst ein bisschen Angst. Dann sah er aber das süße Gesichtchen der kleinen Natalie, spürte ihre warmen Hände und wusste, dass dieses kleine Mädchen ihm nichts tun würde. Ganz im Gegenteil: Natalie gefiel unser Tannenzapfen so gut, dass sie ihn nicht in der Schule ablieferte, sondern mit nach Hause nahm und zu Weihnachten dort an den Christbaum hing. Wie früher im Mondlicht, leuchtet er jetzt im Kerzenschein. Wie früher von seiner Tanne im Wald die Tiere, kann er jetzt vom Weihnachtsbaum aus das fröhliche Treiben der Kinder im Weihnachtszimmer beobachten. Er hört ihr Lachen und die wunderschöne Musik, und ich glaube fast, einmal hat er auch das Christkind gesehen. Aber das musst du ihn schon selbst fragen. Nach Weihnachten wird Rabimmel in einen weichen Karton gelegt und im nächsten Jahr liebevoll geputzt und wieder an den Baum gehängt. So geht das jetzt schon viele Jahre. Natalie ist inzwischen verheiratet, und Rabimmel sieht ihre Kinder mit glänzenden Augen unter dem Christbaum stehen.

Rabammel aber fühlte sich ohne den munteren Rabimmel richtig allein. Er hatte gesehen, wie die Kinder den Kleinen mitgenommen hatten und fragte sich jetzt, was wohl aus seinem Bruder geworden sei. Nach und nach packte ihn die Ungeduld, und er wünschte sich fast, mit Rabimmel gegangen zu sein. Eines Morgens - die Oktobersonne schien gerade besonders schön und kitzelte ihn an der Nase - begann er zaghaft, an seinem Zweig zu rütteln. Noch ehe er sich versah - er hatte wirklich nicht fest, nur ein ganz klein bisschen geschüttelt - machte es sssssssst!, er hatte gerade noch Zeit, sich an einem Sonnenstrahl festzuhalten und - Plumps - landete er auf dem Waldboden. Dort lag er eine Weile ganz still. Als er später vorsichtig um sich sah, dachte er auf einmal: "Ich bin ja ganz golden, ich bin ja schön!" Du weißt natürlich, dass es das Sonnenlicht war, das unseren Rabammel verzauberte. Aber auf einmal fühlte er sich so wohl und glücklich, dass er von innen heraus strahlte. Er spürte eine nie gekannte Kraft. Als er noch darüber nachdachte, woher die wohl komme - und Rabammel dachte etwas langsam nach - kam eine junge Frau und setzte sich auf den Waldboden. Sie war sehr traurig und weinte ein bisschen. Warum, weiß ich auch nicht, die Erwachsenen weinen eben manchmal. Als sie nun so da saß, griff sie in Gedanken nach Rabammel und hielt ihn in der linken Hand. Sie merkte gar nicht, dass sie ihn spielerisch in ihrer Hand hin und her rollen ließ. Viel zu sehr war sie mit ihren Sorgen beschäftigt. Doch allmählich wurde sie ruhiger, ihr Gesicht entspannte sich ein wenig, sie legte sich ins Gras und schlief ein. Als sie erwachte, sagte sie auf einmal zu sich: "Ich hab's. Natürlich, so muss es sein." Und sie lachte sogar ein wenig. Auf einmal fiel ihr Blick auf den Tannenzapfen, den sie noch immer in der Hand hielt. Rabammel hatte sich nämlich ganz still verhalten. Und weil sie jetzt die Lösung für ihre Probleme gefunden hatte, glaubte sie, Rabammel habe ihr dabei geholfen. Sie steckte den Tannenzapfen in ihre Handtasche und trägt ihn seitdem immer als Talisman bei sich. Nun kannst du dir denken, wie warm, gemütlich und duftend sich Rabammel in der Handtasche der jungen Frau fühlt. Er fährt sogar mit ihr in Urlaub und sieht so ganz viel von der Welt. Manchmal zeigt sie ihn ihren Freundinnen und erzählt, dass er ihr Glück bringe. Und sie gibt ihn niemals her.

Was aber wurde aus dem großen, dicken Rabum?

Der hatte nun wirklich überhaupt keine Lust, seine Tanne zu verlassen. Schon gar nicht wollte er die Welt kennenlernen. Zwar vermisste er seine beiden Brüder, aber er fühlte sich auf der Tanne rundum wohl und zufrieden. Deshalb wurde er mit der Zeit immer dicker und kräftiger. Kannst du dir wohl denken, was passierte? Eines Tages fegte ein kräftiger Windstoß durch die Tanne und - huuuuiiii - unseren Rabum vom Baum. Bums! - landete er sehr unsanft auf der Erde. Völlig verdattert blieb er eine ganze Zeit lang liegen. Dann richtete er sich langsam auf und schaute sehnsüchtig zurück auf den Zweig, an dem er gehangen hatte. Er hätte Gott weiß was gegeben, um wieder zurück zu können. Langsam kroch er unter die Tanne, lehnte sich an ihren Stamm und weinte sich in den Schlaf. Da hatte er einen seltsamen Traum: Er träumte, er wäre auf einmal viele kleine, ganz leichte Rabums, und jeder dieser ganz kleinen Tannenzapfen flöge weit hinaus, über die alte Tanne hinweg in die Welt hinaus. Und er fühlte sich wunderbar leicht, unbeschwert und glücklich.

Wenn du heute durch den Wald gehst, kannst du neben der großen, alten Tanne eine kleine Tanne sehen. Sie steht gerade nah genug an dem alten Baum, um von seinen Zweigen vor Wind und Wetter beschützt zu werden, aber weit genug weg, um genug Licht und Sonne zu bekommen. In ein paar Jahren wird aus dem Tännchen ein herrlicher, junger, starker Baum geworden sein.

Und was meinst du wohl, wie er heißen wird?

Corned Beef

frisch und saftig aus Schottland,
leider auch aus dem vorigen Jahrtausend.

Altlasten gehören in die Tonne:

Blau-gelb für Papier und Wertstoffe,
braun-schwarz für kompostierbaren Abfall und Restmüll.

Die Beseitigung scheint einfach: Dose in Wertstoff, Corned Beef in Kompost.

Die Büchse in der Hand, grüße ich auf dem Weg zur Tonne freundlich die Nachbarin.

On, om schaffe? Jo, wie dat halt su is.
Dat loh Fleisch, dat könne Se awwer net in de Kompost tun. Dat giwt jo Radde.

Rückzug. Tür zu. Dose in die Küche.

Anruf bei Rüdiger. Der arbeitet beim Landesuntersuchungsamt und muss es ja wissen:

Klar. Das Fleisch stört den Verrottungsprozess der pflanzlichen Abfälle. Es wachsen Maden, die wiederum ziehen Ratten an. So können diese Verarbeitungsgase nicht mehr entstehen, also dieselben wie Darmgase beim Menschen, etwa 3 – 5 l pro Mensch und Tag, nach Hülsenfrüchten und Stress mehr. Das ist, glaube ich, Methan. Oder Methanol. Nee, Methanol ist giftig. Jedenfalls ist Methan neben CO_2 Hauptverursacher der Klimakatastrophe. Da kann man aber auch Heizungen mit bauen. Gas aus Komposthaufen für Fernwärme.

Das Verantwortungsgefühl beginnt schwer auf mir zu lasten. Wenn jetzt wegen meinem Corned Beef kleine Babys frieren müssen? Apropos Babys: Windeln sind doch im Restmüll. Und Häufchen kann doch z. B. auch mal Fleisch gewesen sein. Also kann es doch auch im Rohzustand ...

Beherzt greife ich die Dose und ein paar alte Zeitungsblätter. Rechts unten unter „Vermischtes" finde ich: In den Restmüll gehören keine Schadstoffe und nichts von Tieren.
Okay. Altes Corned Beef ist ein Schadstoff und vermutlich auch vom Tier.

Jetzt bin ich es leid und kippe das Zeugs ins Klo. Stopp. Hat Monika nicht neulich erzählt, wir sollen kein Essen in den Lokus kippen, damit die Ratten in der Kanalisation nicht auch noch dick und fett werden? Sie wüsste genau, dass neulich sogar mal einem Mann ... Seitdem pinkelt der wieder im Stehen.

Wenn ich jetzt die Pampe einfach esse .... Quasi klofein recycle? Ich mag aber kein Fleisch, schon gar kein altes und ganz bestimmt kein Corned Beef. Wer hat das eigentlich gekauft? Moment mal... 2009, 2007, 2005, 2003, 2001, 1999 ..... richtig! Klaus! Der hatte so einen abartigen Geschmack. Den ruf ich jetzt an, der soll gefälligst *einmal* Verantwortung tragen.

Seine Frau geht gerade einkaufen, und er guckt ins Internet: „Eye, wusstest du, dass Kompost den gleichen Wortstamm hat wie komponieren? Zusammengesetztes, Vermischtes. Also Fäkalien dürfen da rein, Garten- und Futterreste, Laub, Hühnermist ...“

Ein Huhn habe ich nicht, aber ... Katzelchen, Mieze, komm, lecker, hamham ... Mir springt die Aufschrift der Dose förmlich ins Auge: Corned Beef aus Schottland

Corned Beef ist Rindfleisch, soviel steht fest. Schottland liegt bei England und da waren – oder sind noch – die Rinder wahnsinnig. Exportiert Schottland trotz aller Separationsbewegungen englisches Rindfleisch? Kann Rinderwahnsinn auf Katzen übertragen werden? Haben die Erreger so eine Art Halbwertzeit und sind also mittlerweile ungefährlich?

Das Telefon klingelt. Onkel Hans ruft an, und ich klage ihm mein Leid. Die Sache mit dem Komponieren gefällt ihm gar nicht. Bioabfälle werden nicht vermischt, lerne ich, die werden geschichtet. Also in unserem Müll ist gar nix geschichtet, da bin ich mir sicher.

Brief an die Stadtverwaltung: Dem Ihnen sicher bekannten Werk über praktische Bodenbiologie von W. Grund entnehme ich, dass zur Herstellung von Kompost die anfallenden Stoffe mit Erde, Wasser oder Jauche zur besseren Durchlüftung flach in 1,5 – 2 m breiten Mieten angesetzt werden müssen. Der Kompost muss mehrmals umgesetzt werden, evtl. mit dem Pflug, und ist in der Regel nach ein bis zwei Jahren zu nutzen. Ich bitte um Nachricht, inwieweit die von Ihnen zur Verfügung gestellten Tonnen diesen Anforderungen entsprechen und insbesondere, wie Sie nach Abfuhr des Abfalls mit demselben verfahren. Ha!

Ich warte bis heute auf Antwort.

Freunde sollt ihr sein

zum 50sten Jahrestag der legendären Fußball-WM 1954

Den Lastwagen stellte der Betrieb. Abfahrt 6 Uhr am Tor. Jemand hatte gesagt, die Leute könnten mit dem Fahrrad zum Treffpunkt kommen. Adolph-mit-ph konnte das nicht. Die meisten konnten es nicht. Weil ihnen irgendetwas Wesentliches zum Fahrrad fahren fehlte. Adolph-mit-ph z. B. fehlte ein Bein. Das linke. Der, der gesagt hatte, die Leute könnten mit dem Fahrrad zur Fabrik kommen, hatte nicht nachgedacht. Das machte aber nichts. Denn sie kamen ja auch sonst zur Arbeit, jeden Tag. Adolph-mit-ph arbeitete im Lohnbüro eines Sportschuhfabrikanten. Es war eine gute Arbeit, und er lernte dabei, Menschen in Stundenlöhnen zu messen. Früher waren sie in Leben gemessen worden. Oder in Gliedmaßen. Da war es doch heute viel einfacher. Seine Firma zahlte über Tarif, und mittags bekamen sie warmes Essen.

Adolph-mit-ph war schon eine halbe Stunde vor der geplanten Abfahrt am Fabriktor. Man konnte ja nie wissen. Er kannte sich aus mit überfüllten Lastwagen. Als er sein Bein verlor, in der Normandie, 44, waren die Lastwagen auch sehr voll gewesen. Es passten trotzdem viele Versehrte auf die Wagen, weil den meisten von ihnen, wie gesagt, etwas fehlte, und sie deshalb platzsparend gestapelt werden konnten.

Adolph-mit-ph fand, dass alles im Leben seinen Sinn hat, und begann, wenn man ihn nach seinem Vornamen fragte, das „ph" mitzusprechen. Er war 15 gewesen, als der Krieg begann, hatte wenig verstanden und nichts gefragt. Sein Vater war schon 39 in Polen gefallen; wie er da hinkam, wusste niemand so recht. Adolph-mit-ph half seiner Mutter im Geschäft, war in der Hitlerjugend, wurde im Dorf verachtet von Leuten, denen er nicht immer Lebensmittel ohne Marken geben konnte - aber so viel hatten sie ja selbst nicht -; wunderte sich erst sehr und später nur noch ein bisschen, als erst Judith, dann Moshe und dann Sarah und Joseph (auch mit ph) nicht mehr zur Schule kamen, wurde Soldat, verlor sein Bein, ließ sich nach 45 im Kino Filme über Konzentrationslager zeigen, fragte wieder nichts und gewöhnte sich daran, Täter zu sein. Oder Mitläufer. Oder zumindest kein Held.

Die Firma stellte also für ihre Kriegsversehrten den Lastwagen zur Verfügung. Und sie bekamen Karten für Sitzplätze! Adolph-mit-ph platzte fast vor Stolz, als er Herrmann (mit zwei „r" und zwei „n") davon erzählte. Herrmann schrieb für eine Zeitung, die natürlich kein WM-Ausstatter war und deshalb ihre Schwerbeschädigten nicht auf Lastwagen verfrachten konnte. Herrmann fehlte nämlich auch ein Bein, das rechte, seit Russland, 44. Und er hatte im Abitur noch einen Aufsatz über

„Die Verhinderung des Zweifrontenkrieges durch den Führer"
schreiben müssen.

Herrmann hatte schon immer viel Fantasie und deshalb auch die
Idee, Adolph-mit-ph zum gemeinsamen Schuhkauf zu bewegen.
Tatsächlich hatten sie dieselbe Schuhgröße. Früher hatten sie
schon mal mit einem Paar Fußballschuhen abwechselnd trainiert,
wenn einer von beiden wieder aus seinen Schuhen rausgewachsen
war und die Eltern nicht gleich neue beschaffen konnten. Jetzt
kauften sie ihre Straßenschuhe zusammen bei Deichmann, wenn
sie Herrmanns Freund im Ruhrpott besuchten. Und die
Fußballschuhe kaufte Adolph-mit-ph sowieso auf Personal.
Herrmann wollte auch, dass sie wieder Fußball spielten.
Gemeinsam. Insgesamt hatten sie ja zwei Beine, und auf Krücken
waren sie sehr geschickt. Es sah grotesk aus, wenn sie, Herrmann
die Krücke unter dem rechten, Adolph-mit-ph unter dem linken
Arm, die beiden anderen Arme ineinander verschlungen, über das
Feld hopsten. Aber sie hatten bald ihren festen Platz bei den Alten
Herren. Der Mensch gewöhnt sich schließlich an alles, und
Herrmann, der sich zeit seines Lebens weigerte, eine Prothese zu
tragen, sah in dieser Art Fußballspiel seinen ganz persönlichen
Protest. Adolph-mit-ph verstand das nicht und fragte nicht.

Adolph-mit-ph war ein gläubiger Mensch. 1954 sowieso und all
die Jahre davor erst recht. Deshalb glaubte er auch daran, dass

Deutschland Weltmeister werden würde. Wirklich. Und bei der Siegerehrung wollte er „Einigkeit und Recht und Freiheit" singen können. Auswendig. Deshalb lernte er die dritte Strophe von „Deutschland, Deutschland über alles", obwohl sie erst seit zwei Jahren Nationalhymne war. Herrmann hatte ihm den Text besorgt und hielt ihn ansonsten für verrückt. Herrmann war intellektuell. Für ihn war das neu erwachte Fußballfieber Ausdruck des Wunsches, nach dem Chaos der letzten Jahre in friedlichen Schlachten die verinnerlichten Tugenden und Werte einzusetzen. Gewinnen zu können. Siegen zu dürfen. Einem Führer vertrauen zu können. In Sepp Herberger, dem Mann aus dem Volke, sah Herrmann eine Projektionsfläche für die verdrängten Wünsche und Hoffnungen der Nochmal-Davon-Gekommenen.

Herrmann war also intellektuell und Adolph-mit-ph fuhr nach Bern. Auf einem Lastwagen. Die ersten Wetten wurden gemacht, und nur Adolph-mit-ph tippte auf Deutschland. Niemand hatte diese Mannschaft ernst genommen. In einer Vorschau hatte ein Schweizer Fachblatt die Aussichten aller Teilnehmer beleuchtet. Die Rangliste umfasste 15 Länder. Das 16. hatte man schlicht vergessen: Deutschland.

Adolph-mit-ph spielte einmal die Woche Toto für eine Mark. Gewonnen hatte er noch nie. Er war somit das Verlieren gewöhnt und konnte auf Deutschland setzen. Die Männer redeten viel von der 3:8-Niederlage gegen den Favoriten Ungarn vor zwei Wochen. Die hatte sich zwar nicht weiter ausgewirkt, weil die Deutschen schon drei Tage vorher durch das 4:1 gegen die Türkei eine Runde weiter gekommen waren. Deshalb habe Herberger auch seine zweite Garnitur geschickt, hieß es später, als alle schlauer waren.

Adolph-mit-ph hatte das Spiel mit Herrmann in einer Gelsenkirchener Kneipe gesehen. Jemand stellte den Fernseher auf einen Turm aus Bierkästen, und so konnten sie gut sehen. Frau Kwiatkowski war auch da. Jedes Mal, wenn der Kwiat im Tor wieder einen rein bekam, drehten sich alle nach der armen Frau um. Sie hielt aber tapfer durch. Und Herrmann sagte, dass niemand, auch nicht die zweite Garnitur, sich freiwillig 8 Tore reinschießen ließe. Armer Kwiat! Aber damals kamen keine Psychologen zur Betreuung der geschundenen Spielerseele, da musste er allein durch.

Am 4. Juli war morgens noch schönes Wetter gewesen, aber als Adolph-mit-ph und seine Kollegen um 3 Uhr nachmittags im Stadion ankamen, prasselten unaufhörlich dichte Regentropfen. Die Schwarzmarktpreise für gehortete Stehplatz-Karten fielen von 100 auf 15 Franken. Der bisherige Weltmeister Uruguay hatte sogar seine Ehrenplätze verschachert, weil er vor drei Tagen gegen

Ungarn ausgeschieden war. Mancher, der aufs Geratewohl ohne Karten gekommen war, bekam jetzt noch einen guten Platz.

Adolph-mit-ph war, wie gesagt, sehr behände mit seinen Krücken und hatte keine Schwierigkeiten, aufzuspringen und („angemessen" hätte Herrmann gesagt) zu schimpfen oder zu jubeln, als in den ersten acht Spielminuten zwei Tore für Ungarn und in den darauffolgenden zehn Minuten die zwei Anschlusstreffer für Deutschland fielen. Und dann zeigten doch tatsächlich die Spielstandtafeln am Uhrenturm ein paar Minuten lang 3:2 statt 2:2 an, und zwar die 3 für Deutschland. Das war doch ein Zeichen, und da murmelte Adolph-mit-ph die dritte Strophe des Deutschlandliedes noch einmal schnell vor sich hin, um sie bei der Siegerehrung auch richtig mitsingen zu können.

Und während Adolph-mit-ph im Stadion saß, hörte Herrmann zu Hause im Radio:

„Schäfer nach innen geflankt. Kopfball - abgewehrt. Aus dem Hintergrund müsste Rahn schießen. Rahn schießt .... Tooooor! Tooooor! Toooor! ... Aus! Aus! Aus! Das Spiel ist aus! Deutschland ist Weltmeister! Schlägt Ungarn mit drei zu zwei Toren im Finale in Bern."

Adolph-mit-ph sprang wie alle anderen auf und schrie irgendwas von Hurra und Sieg. Von allen Seiten wurde er auf die Schultern geschlagen, geschubst, geboxt, konnte selbst aber nichts dergleichen tun, aus Angst, das Gleichgewicht zu verlieren. Fritz Walter empfing von Jules Rimet, dem Ehrenpräsidenten des Internationalen Fußballverbandes, den Pokal und die Goldmedaillen für die Spieler. Dann spielte die Berner Stadtkapelle ein Lied, und aus 25.000 deutschen Kehlen im Berner Wankdorfstadion brauste „Deutschland, Deutschland über alles ..." in den regnerischen Himmel. Adolph-mit-ph schrie seinen Nebenmann an: „Mann, was singen die denn da?", aber der guckte nur verständnislos, brüllte „... über alles in der Welt" und Adolph-mit-ph war still. Er dachte an „Stille Nacht", und dass da auch jeder nur die erste Strophe kennt. Oder kennen Sie die dritte? Na bitte.

Die elf Spieler trugen auf ihren Schultern lachend und weinend einen Mann im Regenmantel vom Platz: Sepp Herberger, ihren Chef. Adolph-mit-ph schämte sich nicht seiner aufsteigenden Tränen.

Zu Hause lief Herrmann auf die Straße. Unbekannte Leute fielen sich um den Hals, küssten sich, lachten und tanzten. Fenster wurden aufgerissen, man winkte mit Taschentüchern, Tischdecken, Bettlaken und hatte in der Eile aus Klopapierrollen Girlanden gebastelt. Als die Helden von Bern mit dem Sonderzug zurück fuhren, mussten sie an jedem Bahnhof anhalten:

Bürgermeister, Musikkapellen, Kinderchöre, winkende, jubelnde Menschen, die alles Mögliche in den Zug reichten: Blumen, Lebensmittel, Getränke. Es tutete und hupte aus Fabriken, Lokomotiven und Autos.

Seine aussichtslos scheinende Wette hatte Adolph-mit-ph einen ordentlichen Gewinn eingebracht. Er kaufte reichlich Bier für den Heimweg auf der Ladefläche des LKWs. Die Männer lachten und jubelten und winkten den Menschen auf der Straße zu. Sie waren Weltmeister. Sie hatten gewonnen. Sie waren die Sieger. Sie waren wieder wer.

Sie klopften sich immer wieder auf die Schultern, lachten und weinten mit jeder Flasche Bier mehr und Adolph-mit-ph wünschte sich, dass Grete dabei wäre. Oder auch ganz bestimmt nicht. Die ganzen Jahre ihrer Ehe sollte es so bleiben, dass er sie herbeisehnte, wenn sie weg war und zum Teufel wünschte, wenn sie neben ihm stand. Sie hatte keine Ahnung von Fußball und weinte anfangs oft, wenn er eng umschlungen mit Herrmann über das Fußballfeld hoppelte. Sie fand das tragisch und lächerlich und schämte sich manchmal ein bisschen.

Adolph-mit-ph brauchte kein Mitleid und schämen konnte er sich selbst. Es gab wenig heiratsfähige Männer nach dem Krieg, und so stand der Kurs für Krüppel recht gut, aber er machte sich nichts vor. Auf die Liebesbeteuerungen seiner Frau ging er gar nicht erst groß ein, und irgendwann nahm er sie auch nicht mehr mit auf den Fußballplatz. Sie hatte ohnehin zu Hause mit den zwei Kindern genug zu tun, und manchmal, wenn er heimkam und sie heulte und zeterte, drehte er gleich um und ging zu seinen Kumpels ins „Scharfe Eck". Herrmann war nie in der Kneipe. Der ist auch nicht verheiratet, dachte Adolph-mit-ph.

Herrmann schrieb Artikel über die Weltmeisterschaft, die er schon längst wieder mit „Buchholz" unterzeichnete, und die Adolph-mit-ph nicht ganz verstand. Schließlich war er dabei gewesen, und Herrmann schrieb lauter abgehobenes Zeugs. Zum Beispiel von Phönix, der im Nachkriegsdeutschland reichlich Asche zum Hinaufsteigen fand. Vom Mythos, der meistens auf kargem Anfangsgrund gedeiht. Herrmann erzählte Adolph-mit-ph auch von dem Kinofilm „Das große Spiel" mit René Deltgen und Gustav Knuth. Er erklärte, dass Sepp Herberger den Film 1942 als Reichstrainer und fußballtechnischer Berater mit ins Bild gesetzt hatte. Er und Fritz Walter hätten sogar kurz auf dem Rasen mitgespielt. Es sei, sagte Herrmann, um die Liebe zweier Mannschaftsmitglieder zu einem Mädchen gegangen. Der Kameradschaftsgeist der Männer habe aber über ihre Rivalität gesiegt und schließlich zum Pokalsieg geführt. Im Nachhinein, meinte Herrmann, habe Herberger den Sieg in einer aussichtslosen Situation fast vorausgesehen, zumal die Filmpremiere 1942 ausgerechnet im Juli stattfand.

Herrmann war oft zu Gast bei Grete und ihrem Mann. Schließlich war er viel allein; und er verstand sich gut mit den Kindern. Er half ihnen bei den Schulaufgaben und fürchtete nicht ihre *Warum-habt-ihr-nichts-dagegen-getan*-Fragen. Adolph-mit-ph hatte sich ja beizeiten das Fragen abgewöhnt und deshalb waren ihm die Antworten ausgegangen. Früher hatte Herrmann oft gesagt, dass seinem Freund etwas mehr Offenheit in Herz und Kopf nicht schaden könnte, aber mittlerweile ließ er Adolph-mit-ph in Ruhe Sportschau gucken. Er selbst sah sich schon lange keine Sportsendungen mehr an. Die Ballspieler seien zu Spielbällen der Medien geworden, meinte er, der Mensch sehe nur noch, was er sehen solle und der ganze Konsum und Kommerz habe nichts mehr mit Sport zu tun, mit Spiel schon gar nicht. An dem Punkt gesellte sich oft Grete dazu, und Adolph-mit-ph ging ins Wohnzimmer und schaltete den Fernseher ein.

Seine Frau las neuerdings viel. Wenn er mit sich allein war, träumte er von den Liebeserklärungen ihrer nächtlichen Umarmungen, die er damals nicht erwidert hatte. Als sie lange genug keine Antwort von ihm bekommen hatte, hörte sie irgendwann damit auf, und er fragte nicht. Das Leben war hart geworden, was wusste Grete schon. Im Büro begannen sie, etwas einzuführen, das Elektronische Datenverarbeitung hieß und aus Amerika kam. Lochkarten statt Lohnjournalen. Und die Menschen waren auch nicht mehr dieselben. Adolph-mit-ph musste sich immer öfter sogar über seine Kumpels im „Scharfen Eck" ärgern.

Deshalb ging er an einem regnerischen Sonntag im Juli schon nach dem ersten Bier nach Hause. Im Wohnzimmer lag Grete auf dem Sofa und Herrmann auf Grete, und jetzt hörte Adolph deutlich das „Ich liebe dich, ich liebe dich so sehr" seiner Frau.

Am nächsten Tag sah man auf dem völlig durchweichten Fußballplatz des Dorfes zwei einbeinige Männer auf Krücken ohne Beinprothesen. Das heißt, eigentlich sah sie niemand, denn es goss in Strömen. Ein aufmerksamer Beobachter hätte bemerkt, dass sie die gleichen Fußballschuhe trugen. Einer der beiden Männer stand im Tor. Der andere hatte sich einen Ball sorgfältig vor die Füße gelegt, schwang in den Krücken vor und zurück und feuerte das Leder aus genau 11 m Entfernung mit voller Wucht ins Netz. Der im Tor hatte keine Chance. Dann wechselten sie die Plätze, und der, der eben noch im Tor stand, knallte nun dem anderen die Bälle rücksichtslos rein. 21-mal.

Zu Tode erschöpft ließen die beiden Männer ihre Krücken fallen und plumpsten atemlos nebeneinander in den Matsch. Ihre Gesichter waren nass. Adolph rieb sich die Augen, und jetzt sah er deutlich den Werbe-Slogan, den sein Arbeitgeber auf einer Banderole am Spielfeldrand hatte anbringen lassen:
Keine Spielchen. Fußball.

Glück und Sühne

Unwillkürlich gehe ich rückwärts. Dabei stoße ich gegen den Schrank. Ich drehe mich rum und gehe auf Zehenspitzen Richtung Tür. Die Klinke drücke ich mit spitzen Fingern hinunter, achte darauf, dass ich den Türrahmen nicht berühre, fasse außen den Schlüssel ebenfalls nur mit Daumen und Zeigefinger und ziehe die Tür vorsichtig hinter mir zu. Ich rase die Treppe hinunter in meine Wohnung. Das Telefon! Wie ist die Nummer? Zitternd drücke ich die Tasten. Die Notrufzentrale meldet sich. Eine ruhige Stimme am Ende der Leitung schafft es, die notwendigen Informationen aus mir heraus zu holen. Ein Toter in der Hauptallee 88, Dachgeschoss, allem Anschein nach Gewaltanwendung, und, ja, natürlich bleibe ich im Haus und öffne. Ich drücke die Ende-Taste und lasse mich auf das Sofa fallen. Ach du Scheiße! Oben liegt Herr Reltih auf seinem Wohnzimmerteppich in äußerst unnatürlicher Haltung. Tot, da bin ich ziemlich sicher. Es klingelt. Ich drücke auf. Ein ganzer Trupp Leute kommt die Treppe hoch. Ich deute nach oben und gehe vor, lasse dann die anderen an mir vorbei: uniformierte Polizisten, Rettungssanitäter und ein paar Leute in Zivil, wahrscheinlich Kripo, Spurensicherung und so weiter. Ein hübscher junger Mann mit modisch halblang-verwuscheltem dunklem Haar und braunen Augen fragt nach meinen Personalien. Warum ich einen Schlüssel hätte und was ich bei

Herrn Reltih gewollt habe. Hier im Haus lassen wir alle unsere Schlüssel außen stecken. Wir sind eine gute Gemeinschaft und haben Vertrauen zueinander. Nach Herrn Reltih haben wir alle mal geguckt. Immerhin war der alte Herr 88.

Er hat nicht direkt Hilfe gebraucht, auch nie darum gebeten, aber man weiß ja, was sich gehört. Pawla aus der Untergeschosswohnung hat bei ihm geputzt. Einmal die Woche für 10 Euro die Stunde. Und gegessen hat er jeden Mittag im Schwarzen Ritter. Finanziell schien es ihm gut zu gehen. Geld ist bei uns im Haus, eigentlich im ganzen Stadtteil, kein Thema. Restaurierte Jugendstilchen in einer Parkanlage am Fluss, da wohnt kein Gesocks. Mit Pawla ist das was anderes. Sie pflegt Vorgarten und Innenhof, putzt Keller und Treppenhaus. Ein guter Engel eben, wie in vielen Häusern. Liebe Frau. Man kann auch unbesorgt in Urlaub fahren. Sie gießt die Blumen, füttert die Katzen, alles. Kann man nichts sagen, wirklich wahr. Vielleicht hat sie ja auch was bemerkt, ob jemand Fremdes im Haus war zum Beispiel. Sie wuselt ja dauernd draußen rum. Die Frau Rein könnte allerdings auch was bemerkt haben. Erdgeschosswohnung mit Erker zur Straße. Ihr entgeht nicht viel. Ist erst 40, aber fast immer zu Hause. Das Pfandhaus scheint nicht schlecht zu gehen. Im ersten Stock wohnt seit ca. einem Monat dieser nette hübsche Werbetexter und darüber eine Lehrerin im Vorruhestand. Dann ich und dann das Quartier vom armen Herrn Reltih.

Besuch hatte er nicht viel. Etwa einmal die Woche drei alte Herren. Die haben dann Skat gespielt, manchmal auch paarweise Schach oder Backgammon. Kinder? Glaube ich nicht, jedenfalls hat er nie welche erwähnt. Und ich habe auch nie jemanden gesehen. Manchmal habe ich ihm die Post hochgebracht. Es waren aber nie Ansichtskarten, Geburtstagsglückwünsche oder so was dabei.

Obwohl ich gar nicht weiß, wann er Geburtstag hat –hatte. Irgendwann im April, glaube ich. Einen Hund hatte er früher einmal. Davon hat er viel erzählt, von seinem Schäferhund. Damals hat er noch auf dem Land gelebt, irgendwo in den Bergen. Aber hier in der Stadt hat das ja keinen Zweck mit so einem Tier. Im Schlafzimmer von Herrn Reltih ist auch ein Bild von einer Freundin aus früheren Zeiten. Ziemlich junges Ding muss das gewesen sein. Irgendwas war da mal, glaube ich. Vielleicht hat sie sich umgebracht. Weiß man ja nie, bei den Frauen. Manchmal, wenn ich von einer Versammlung kam, habe ich bei Herrn Reltih noch ein Glas Rotwein getrunken. Er war nämlich ein guter Weinkenner, und ich habe ihm oft Weine mitbringen müssen, die er sich aus Zeitungsanzeigen aussuchte. Internet, da hatte er es natürlich nicht mehr mit. Ich habe mal versucht, ihm zu erklären, wie einfach das ist, auch mit Kontakten und so, aber er hat immer gesagt, er sei zu alt dafür.

Aber Zeitungen hat er gelesen. War sehr interessiert, was in der Welt vor sich geht. Manchmal hat er von früher erzählt. Er wusste ja, dass er mir vertrauen konnte. Ich habe nie verstanden, wie manche mit seiner Generation umgehen. Als ob einer mit dem Rücken zur Wand noch was sagen würde. Nicht die Wahrheit jedenfalls. Bei mir konnte er das. Ich war immer froh, wenn er sich ein wenig öffnete. Es bleibt ja nicht mehr viel Zeit. Die Generation von Herrn Reltih stirbt weg, und wir haben noch so viel zu lernen. Ich meine, wie soll das denn weiter gehen, heutzutage, mit den ganzen Fremden hier im Land. Ausländer darf man ja schon nicht mehr sagen, das ist dann politisch unkorrekt. Die machen so ihre Politik, die hohen Herren, und wir können es ausbaden.

550 Euro Steuern zahle ich im Monat. Nur Steuern. Plus Krankenversicherung, plus Pflegeversicherung, plus Rentenversicherung, plus Arbeitslosenversicherung und Solidaritätszuschlag. Und wozu? Gehen Sie doch mal gucken, morgens um 11, wen Sie da treffen. In den Arztpraxen, auf den Behörden, in den Geschäften. Da haben Sie noch nicht drauf geachtet? Weil Sie dann keine Zeit haben, klar, weil Sie arbeiten müssen, wie ich auch. Das ist dem Staat doch nur recht. Die kleinen Leute sollen arbeiten und keine Zeit haben, nachzudenken. Aber die Russen, ich sag's Ihnen. Die wissen, wo das Geld herkommt. Die kennen Tricks, da sind Sie und ich noch nicht draufgekommen. Das ist

doch eine Mafia. Und die Türken! Da weiß der Staat, er weiß (!), dass aus einem bestimmten Ort in der Türkei – fängt mit B an, den Rest habe ich vergessen – lauter Drogenhändler kommen. Ja, ich ließe doch gar keinen aus diesem Ort mehr hier einwandern. Und dann wird denen auch noch hier der Prozess gemacht, und die sitzen schön gemütlich in unseren sauberen Gefängnissen. Raus, sage ich. Bei der ersten Straffälligkeit raus! Ab in die Heimat und auf Nimmerwiedersehen. Was die anrichten, die Dealer, da müssen Sie mal nach Frankfurt - Main! - fahren und sich das angucken. Da kriegen Sie das kalte Grausen. Aber das darf man ja hier im Land nicht mehr sagen, da gilt man gleich als ausländerfeindlich. Ein Wort, das es übrigens nur in Deutschland gibt. Andere Länder verwenden es schon in ihrer Sprache. Im Ernst. Die Franzosen sagen: „Le Ausländerfeindlichkeit". Also so weit sind wir gekommen. Ein Deutscher darf in seinem eigenen Land nicht mehr die Wahrheit sagen. Demnächst werden noch ausländische Firmen bevorzugt, wenn der Bund Aufträge vergibt, damit bloß keiner sagen kann, dass wir Nazis sind.

Da waren das doch andere Zeiten, damals. Gut, das mit den Juden hätte nicht sein müssen. Aber den Amis hält man heute das mit den Indianern auch nicht mehr vor. Der Mensch ist nun mal ein Tier. Das kommt in bestimmten Situationen wie Krieg zum Ausbruch. Ist ein Naturgesetz. Das kann man doch nicht einem ganzen Volk noch 50 Jahre später anhängen. Als ob unsere

Generation was dafür könnte. Und die Juden profitieren heute noch davon. Da werden Milliarden aus der Deutschen Wirtschaft für Zwangsarbeiter rausgepulvert. Wo es uns doch auch immer schlechter geht, dank unserer Brüder und Schwestern aus den Neuen Bundesländern. Jedenfalls kriegen so ein paar alte, arme Schweine ein bisschen Geld, und in Wahrheit verdienen die Anwälte dran. Alles eine Mafia! Und die Juden schlachten die Palästinenser ab, und wenn dann mal einer was sagt, ist das Geschrei groß. So ist das, genau so. Und für diesen Staat soll ich 550 Euro Steuern im Monat zahlen? Und wer ist der Zahlmeister Europas? Dreimal dürfen Sie raten. Jedenfalls könnte von meinen Abgaben eine zweite Person gut und gerne leben. Da gäbe es keine armen Deutschen mehr, ginge ganz fix. Manchmal hat der Herr Reltih komisch geguckt, wenn wir über früher geredet haben und ich so richtig losgelegt habe. Er hat dann gesagt, dass ich nicht viel davon verstünde und vieles hätte am eigenen Leib erfahren müssen. Dass die Jugend ihren Idolen blind folge, sie sogar bisweilen kopiere, dass Jungsein allein aber nicht alles entschuldige. Dabei ist es ihm doch nicht schlechtgegangen. Er war ein ziemlich hohes Tier, hatte was zu sagen. In welcher Position er genau tätig war, weiß ich nicht. Aber später hat er noch irgendwelche Forschungsergebnisse an die Amis verkaufen können, das hat er mal angedeutet. Das war natürlich erst in den 60ern, da ging so was wieder. Direkt nach dem Krieg wurde alles beschlagnahmt. Da redet heute auch keiner mehr von, dass die alle von unserer Arbeit profitiert haben. Jedenfalls bekam er einen ganz melancholischen Gesichtsausdruck, der Herr Reltih, und sagte, dass er nun bald vor seinen Schöpfer treten müsse und nichts gesühnt habe. Mit dem Alter kommt die Angst und dann das, was sie Glaube nennen.

Als vor ein paar Wochen hier der Integrationskindergarten gebaut wurde, war Reltih oft auf der Baustelle. Wie ein Bauherr. Und bei der Einweihungsfeier war er auch. Den Krach hat man bis hierhin gehört. Es waren mehrere Musikkapellen aus aller Herren Länder da. Und die schwarzen Muttis hatten ein großes Buffet angerichtet. Und dann das ganze Trara mit Bürgermeister, Pfarrer, Ausländerbeauftragtem und so weiter. Wo die auf einmal das Geld her hatten, möchte ich wissen. Der Stadtrat hatte ursprünglich nämlich keine Mittel bewilligt. Sitzen ja ne Menge Leute aus unserem Viertel drin, die wollen so was natürlich nicht vor der Nase haben. Auf einmal war das Geld aber da, über eine Stiftung, glaube ich, und dann hat die Presse Wind davon gekriegt und einen Riesenwirbel veranstaltet, und dann konnte der Stadtrat nicht mehr anders. Der Einzige in unserem Viertel, den das zu freuen schien, war Reltih. Wurde eben senil und sentimental. Von Schuld und Sühne hat er manchmal geredet und von einem Herrn Dostodingsda. Und dann hat er gesagt, Glück wäre in seinem Alter, sühnen zu dürfen.

Gut, dass wir Jungen den Boden unter den Füßen behalten und wissen, was zu tun ist. Sonst geht es abwärts, sage ich, abwärts. Der Boss hat also befohlen, dass zuerst der Verursacher dieses Integrationsschwachsinns ausgeschaltet werden müsse. Der, der das Geld gegeben und die Presse informiert hat. Sonst komme der uns später noch in die Quere. Da haben wir dann den Neuen mit beauftragt. Als Feuertaufe sozusagen. Kurz bevor ich den alten Mann oben gefunden habe, hat der Neue Meldung erstattet. Ist alles gutgegangen, hat er gesagt. Der Feind habe sogar gelächelt, als ihn unsere Rache ereilte. So, als hätten wir ihm einem Gefallen getan.

Brauchen Sie mich noch? Ich meine, ist das Verhör jetzt beendet? Was machen Sie denn da? Warum rufen Sie den Mann in Uniform? Was sollen die Handschellen? Sind Sie überhaupt von hier? Habe ich mir doch gleich gedacht! Sie sprechen so komisch! Und Ihre Nase! Ganz schön ausgeprägt! Hat man denn hier gar keine Rechte, gibt es denn in unserem Land keine Gerechtigkeit mehr?

Rutschgefahr

Ük, ük, ük. Karlo Kröte ist verzweifelt. Ük! Mit den ersten Sonnenstrahlen hat er sich wie alle anderen aus dem Laub gebuddelt. Schließlich muss er auf die andere Straßenseite zu dem Weiher, der einmal seine Kinderstube war. Er weiß nicht warum, doch da muss er hin. Und zwar auf dem Buckel eines anderen Männchens. Aber die Freier, die er flehentlich anglotzt, pumpen sich drohend auf, knuffen ihn oder suchen das Weite, wenn er aufspringen will. Die Kröteriche hopsen lieber auf Weibchen, igitt. Karlo mag keine Weibchen. Sie quaken anders, riechen anders, sehen anders aus und sind wie aus einem anderen Tümpel. Karlo liebt Kröteriche. Wenn überhaupt, will er die gefährliche Reise auf dem Rücken eines Liebsten antreten. Es gibt sowieso viel mehr Männchen als Weibchen, wie jedes Jahr. Da muss es doch möglich sein ... Ist es nicht. In seiner Not hupst Karlo auf ein Doppel und will im Dreierpack ... Auuutsch ... will er nicht mehr.

Karlo will überhaupt nicht mehr. Um ihn herum fröhliches Durcheinander, schon beginnen die ersten Pärchen ihren Hochzeitsmarsch. Nicht ein einziges Männchen will Karlo tragen. Lieber kämpfen sie um die wenigen noch verbliebenen Weibchen. Wenn Karlo erst zermatscht auf der Straße liegt, werden denen die Augen aufgehen! Karlo hüpft zum Fahrweg. Aber was ist das denn? Ein Hindernis!

Die Pärchen laufen ratlos am Zaun entlang und landen in engen Tunneln, manche fallen durch große Löcher in Rinnen, die in die Röhren münden. Ihr Instinkt führt die Tiere weiter. Und siehe da: Die Tunnel führen unter der Straße durch auf die andere Seite zu dem Weiher. Das quaken die schon drüben angekommenen Kröten den anderen zu.

Aber Karlo will nicht zum Wasser. Nicht allein. Er will in den Tod. Traurig springt er in die andere Richtung, kann aber keine einzige Lücke im Zaun entdecken. Sehnsüchtig starrt Karlo in vorbeiflitzende Scheinwerfer. Schließlich kriecht er zurück zu seiner Erdhöhle. Er wird davor sitzen bleiben, bis die Sonne ihn austrocknet. Morgen. Karlo dämmert vor sich hin. Eine wunderbar duftende, warme, weiche Wolke hebt ihn unendlich sanft empor.

Wir überlassen unserer Phantasie, welch Mägdelein den Kröterich zu küssen sich anschickt. Ist es eine Studentin der in der Kleinstadt ansässigen Wissenschaftlichen Hochschule, ein wirtschaftswunderliches Karriereweibchen, das verschämt um sich blickt, sich zaghaft bückt, nach der Kröte greift und ihr einen zögerlichen Schmatz aufdrückt? Oder wundert sich gar eine

Novizin des örtlichen Klosters über den sie plötzlich überkommenden Drang ausgerechnet eine Kröte abzubusseln? Gehören die im Dunkel-Dämmerlicht kaum zu erkennenden Umrisse einer grünen Witwe vom Berg, die Abwechslung vom Wellness-Walking-Tennis-Tanz-Kreis sucht? Jedenfalls wird Karlo geküsst.

Es macht Schnurzrattattazongbufbaffboing – oder ein ähnliches in derlei Situationen übliches Geräusch, und aus Karlo wird – na was wohl? – ein Mannsbild. Für unsere Studentin ein Jung-Manager, für die Novizin der einstmals angeschwärmte Kunstlehrer und für die einsame Hausfrau der langersehnte Handwerker. Unsere Dame macht jedenfalls einen schnell-begehrlichen Schritt in Richtung Mann, und Karlo ...

An dieser Stelle versetzen wir uns einen Moment in Karlos Situation. Eben noch Kröterich in Froschperspektive und nun die Erfüllung aller Sehnsüchte eines Menschenweibchens mit gespitzten Lippen. Karlo macht zwei, drei Hüpfer zurück. Natürlich hupst ein Mensch erheblich weiter als eine Kröte, und das Unheil nimmt seinen Lauf. Karlo landet auf der Straße, stolpert, fällt, hört lautes Hupen, starrt schreckstarr in Scheinwerfer und ... es sind dieses Jahr deutlich mehr Kraftfahrzeuge als sonst auf zermatschten Kröten ins Schleudern geraten. Die Stadtverwaltung bittet die Gesamtschule während der nächsten Projekttage die Krötenzäune zu überprüfen.

Hasi

Die alte Möhre ist fertig. Wird nächstes Jahr als Oldtimer eingestuft. 400 € sind da schon in Ordnung. Otto hat mir das nach Feierabend gemacht. Die Werkstatt ist fünf Kilometer weg, Wetter o.k. – ich geh' da zu Fuß hin. So muss ich wenigstens keinen hintenrum heben. Die Freunde werden weniger mit der Zeit. Nach sechs Monaten biste schon langzeitarbeitslos. Dann noch sechs Monate und dann Hartz IV. Heißt eigentlich Arbeitslosengeld II. Klasse. Und dann? Das Auto werden die mir nicht nehmen, aber die Wohnung ... 45 qm oder 200 € kalt. Dann muss ich erst mal umziehen. Und mit Hasi zusammen, geht schon gar nicht. Wir sind nämlich eine Bedarfsgemeinschaft, und sie darf für mich blechen. Obwohl – wahrscheinlich bin ich sie demnächst sowieso los. Kann mir nämlich keinen Urlaub mehr leisten, kein Draußen-Essen, keine Geschenke, nicht mal mehr Kino oder Schwimmbad sind drin. So was machen die Mädels heutzutage vielleicht ein halbes Jahr mit, aber dann ... Kann man sogar verstehen. Wer bindet sich schon freiwillig einen Hungerleider ans Bein? Und wenn das so weiter geht, werd' ich wirklich einer. Früher hab' ich ja auch schon mal was nach Feierabend gemacht. Aber selbst da fallen die Preise. Weil die, die Arbeit haben, weniger nehmen können, ist doch klar. Also, ich brauche schon zehn Euro pro Stunde, aber wenn dann einer kommt, der's für sieben macht ... Ist doch gemein. Der verdient schon 2000 im Monat und ... Zwanzig Jahre habe ich gearbeitet! Am Stück! In derselben Firma, in der ich gelernt habe! Dann machen die pleite, aus, keine Kohle mehr da, nix mit Abfindung, wir konnten froh sein, dass wir unseren Lohn noch bekommen haben. Und jetzt .... Dabei gibt es Leute, die leben schon in der dritten Generation von Stütze, und einer wie ich wird mit denen auf eine Stufe gestellt. Aber die Ausländer ... Keine Ahnung.

Aua! Scheiß-Stein. Ich mag keine Natur. Ist nicht gut für's Auto. Steine, Schnee, Regen, Sonne, nasse Blätter – und erst Mücken und Vogelscheiße! Aber immerhin riecht's hier gut. Hasi pflückt ja immer so ein Zeugs, Blümchen, Kräuter, was weiß ich. Manchmal tut sie was davon in den Salat, will ich gar nicht so genau wissen. Wir gehen nämlich sonntags spazieren. Na ja, wenn kein Formel-Eins kommt. Mir tun dann ziemlich schnell die Knie weh, aber das sag' ich nicht. Kein Geld ist ja schon schlimm, aber kein Geld und kaputte Knochen .... Und nicht nur die Knochen, aber da will ich gar nicht weiter denken. Gott sei Dank hat Hasi gerade viel Stress im Job.

Uuups, was war das denn? Nee, ne? Was'n das für ein Puschel? Ein Hase? Ein Häschen! Ein Mini-Mini-Hoppel! Ja, kann der denn allein? Wo ist der denn hin? Hallo, Hasi! Miez, miez, miez! Ja, was ist denn, wenn der seine Mama nicht findet? Oder vor ein Auto läuft? Was mach' ich denn jetzt? Hoppel, Hasilein,

Mümmelchen .... Weg! Und wenn der jetzt eingeht? Obwohl –
wer so schnell rennt, kann doch bestimmt schon allein fressen,
oder? Muss ich nachher mal meine Süße fragen. Was frisst so ein
Vieh eigentlich? Hier ist ja ne Menge Grünzeug.

He, da oben! Da kreist was! Ein Riesen-Vogel! Wenn der jetzt
meinen Hasen findet! Die fressen doch bestimmt nicht nur
Mäuse. Heee, du da, ab, weg, kschschsch! Hört nicht!
Haaaallllloooooo! Weg! Ach, Scheiße. Der wird doch nicht das
kleine Häschen? Wird er wohl; ich kenn' das Leben. Schöner
Vogel, eigentlich. Bussard? Habicht? Keine Ahnung. Opa, der
kannte die alle. Wenn der wüsste ... War immer so stolz auf
mich. Musste ihm im Garten helfen, und er hat mir dafür Geld
für den Wagen gegeben. Obwohl er Autos für ungesund und
vergänglich hielt. Die Natur, hat er gesagt, die bleibt. Stimmt
eigentlich. Der Bach hier, der war schon immer. Bin ich früher
durchgewatet. Na jaaa, wir haben Frösche aufgeblasen. Der große
Baum da hinten! Da hab' ich mal ein Herz – da isses ja. Hasi!
Schon praktisch, so ein Kosename. Heee - na klar - natürlich! Ich
könnte mit meiner Süßen mit dem Rad hierher fahren, zelten.
Bach, Romantik, Sonnenuntergang, Herz im Baum, Grünzeug
sammeln, Kochen auf dem Feuer ... Alles da und kostet nix.
Neben den Campingzeug steht im Keller noch Opas Gartenkram.
Die Tusse von nebenan ist doch immer so fuuurchtbaaar
beschäftigt. Job, Wellness, Lebensabschnittspartner, ... nie
daheim. Der vergammelt ihr Garten total. Wenn ich die mal

frage ... Dann mach' ich der den Garten - meinetwegen erst mal für sieben Euro – hab' Bewegung, Hasi hört auf zu meckern, Tusse ist zufrieden, erzählt's ihren Freundinnen ... und schon hab' ich Kohle. Dann geh' ich zur Agentur, mach' mich selbstständig, krieg' von denen deshalb noch was zum Arbeitslosengeld dazu ... mal überlegen. Und Hasi kriegt zum Geburtstag ein Hasi.

Beistand

„Kannst du mir mal helfen?" Susi hatte mal wieder eine Fünf in Mathe geschrieben, und ich sollte mit der Lehrerin feilschen. Vier minus – und zu Hause würde kein Blauer Brief warten. Zu Hause: Eine kleine Wäscherei mit klarer Arbeitsteilung: Vater war für den Großkunden-Lieferservice verantwortlich, Mutter wusch und mangelte und Susi brachte Frau Müller die Tischtücher und Herrn Meier die Oberhemden. Spät abends faltete sie die Teile ordentlich in Seidenpapier, und morgens fuhr sie manchmal schon um halb fünf mit dem Rad los. Im Sommer. Im Winter nahm sie den Bus und stieg an fast jeder Station aus. Ich war gern in der warmen Wäscherei, mochte den Geruch von Waschmitteln und Bügelwäsche. Manchmal half ich Susi beim Austragen. Vor allem zu Weihnachten, wenn die Kunden kleine Geschenke oder Geld bereithielten.

Nach dem Abitur - wir hatten lange mit den Lehrern verhandelt – wurde Susi Stewardess (vor 30 Jahren hieß das noch Traumberuf und nicht Saftschubse). Es schien, als könne sie nicht schnell genug weit genug von zu Hause wegkommen. Ihre Eltern haben keine Sekunde versucht, sie aufzuhalten; es ging ganz einfach ohne Susi. Nur ihr Vater starb im Jahr darauf.

Sie ließ sich vorzugsweise auf Fernstrecken einsetzen, heiratete einen Maurer, den sie nicht liebte, und trank auf jeder Geburtstagsfeier mehr. Einmal fielen ihr die Haare aus. Alle. Augenbrauen, Wimpern, wirklich alle. Psychosomatisch, sagte man, und nach einem Jahr wuchsen die Haare wieder.

Ein Jahr nach der Geburt ihrer Tochter fiel Susi ins Koma. Sie hatte sich irgendwo im Nahen Osten mit etwas infiziert, das hier nicht richtig behandelt werden konnte. Ich hörte erst davon, als sie schon wieder zu Hause bei ihrer Mutter war. Sie hatte mich angerufen: „Kannst du mir mal helfen?", hatte Frau Seiler gefragt, als ginge es darum, Gardinen aufzuhängen. Zunächst dachte ich auch, sie brauche Hilfe in der Wäscherei, aber dann ... Ich war starr vor Schreck. Nein - bitte nicht!

Natürlich fuhr ich hin. Susi lag im Bett und duftete. „Sie hat Parfüm doch immer so gemocht, war immer gepflegt", sagte Frau Seiler. „Und sie atmet ganz allein, sieh mal, es ist gar nicht so schlimm". Susi weinte. Ich gewöhnte mir an, einmal in der Woche hinzufahren und ihr vorzulesen. Da es ihr egal schien, was ich las, ging ich dazu über, schwierige Geschäftskorrespondenz mit ihr durchzusprechen. Manchmal lachte sie; dann wusste ich, dass es gut war.

Allmählich begann ich, Susi mein Leben zu erzählen. Wir hatten uns nach dem Abitur aus den Augen verloren. Ich redete und redete, und Susi lachte, weinte oder starrte einfach vor sich hin. Manchmal hörten wir die alten Lieder. „Die sind doch out", moserte Susis Tochter, wenn sie bei uns ihre Hausaufgaben machte. „Jeder, der durchhält, ist irgendwann out. Man muss nur lang genug warten, um wieder in zu sein", antwortete ich und behielt recht.

Susis Maurer-Mann reichte die Scheidung ein. Es gab einen riesigen juristischen Hickhack, und Susi wurde – mit Zustimmung ihrer Mutter, unter deren Betreuung sie offiziell steht – geschieden. Frau Seiler zuckte die Achseln und sagte, sie habe ohnehin schon bei der Hochzeit begonnen, für die Scheidung zu sparen.

Susi ist nicht immer einfach. Manchmal zickt sie rum und sagt gar nichts. Manchmal unterhalten wir uns ganz gut. Dann sehe ich an der Bewegung ihrer Augen, welche Meinung sie zu den Themen hat, über die wir gerade sprechen. Frau Seiler kümmert sich rührend um Susi. Ich habe einen Anwalt eingeschaltet. Der konnte den Ärzten, die Susi als Erstes behandelten, ein paar Fehler nachweisen. Heute ist die Wäscherei verkauft, und wir wohnen in einem behindertengerechten Passiv-Haus. Es macht uns nichts aus, Türen und Fenster geschlossen zu halten.

Morgen werden wir ausnahmsweise auf der Terrasse sitzen. Schließlich heiratet man nur einmal im Leben. Als ich Susi den Antrag machte, hat sie zuerst gelacht und dann geweint. Frau Seiler auch. Susis Tochter findet das alles „voll krass" hat „Er gehört zu mir" für die Hochzeitsfeier eingeübt.

Natürlich wird diese Ehe nicht einfach. Welche Ehe ist das schon? Wir nehmen den Kompromiss vorweg, das ist alles. Wer mich nach dem Warum fragt, bekommt folgende Geschichte zu hören: Susi ist jeden Tag im Bus mit mir zur Schule gefahren. Im Sommer wäre es für sie einfacher gewesen, nach dem Wäscheaustragen mit dem Rad weiter zu fahren. Im Winter saß sie ohnehin schon im Bus, ist aber meinetwegen ausgestiegen und hat gewartet. In der Kälte. 13 Jahre lang. Jeden Morgen. Ich habe das nie hinterfragt. Susi war da. So sicher wie der Bus, der Stundenplan und das Mohrenkopfbrötchen. Sie konnte nicht fragen: „Willst du mit mir gehen?" Sie fragte: „Kannst du mir mal helfen?" Ich kann. Das ist alles.

Fehleinschätzung

<u>München</u>. Die 25-jährige Jura-Studentin Sarah S. wurde gestern tot in ihrem Schwabinger Apartment aufgefunden. Ein Dozent der Ludwig-Maximilians-Universität wollte sie aufsuchen, weil Frau S. seit einer Woche nicht mehr in den Vorlesungen erschienen war. Die Hausverwaltung brach auf Hinweis des Dr. M. die Tür auf, da aus der Wohnung Katzengeschrei klang. Nach Auskunft der Polizei war Frau S. bereits seit mehreren Tagen verstorben; vermutlich wählte sie den Freitod. Sie hinterließ einen Abschiedsbrief. Über dessen Inhalt sowie die genaue Todesursache konnten bei Redaktionsschluss keine näheren Angaben gemacht werden. Die völlig verstörte Siamkatze wurde in das Tierheim München-Riem verbracht.

Lieber Fabian,

viel Glück auf der Suche nach deiner Traumfrau. Hoffentlich will sie dich auch, wenn du sie findest.

Liebe Mama,

es ist nicht meine Schuld, dass Papa dich verlassen hat. Ich habe jahrelang mit angesehen, wie du dich wundgescheuert hast auf der

Suche nach ein bisschen Liebe. Verzeih, wenn ich sie dir nicht geben konnte.

Lieber Chef,

danke, dass Sie mich behalten haben, obwohl Dominique viel schneller ist als ich. Ich brauche jetzt kein Geld für's Studium mehr, und Sie können sich vielleicht endlich die neue Schankanlage kaufen.

Lieber Jonas,
es nervt, wenn du dich in jeder Vorlesung neben mich setzt und mir meine Sachen hinterher trägst. Wenn du nicht einmal mein „Nein" ernst nimmst, wie solltest du mich je verstehen können?

Liebe Natalie,
es war mir schon immer völlig wurscht, warum du wieviel isst, welcher coole Typ dir in der U-Bahn zugrinst und wann es wo Klamotten im Angebot gibt. Komm nicht zu meiner Beerdigung, da ist nämlich keine mehr, die sich dein Gelaber anhört.

Apropos Beerdigung: Die ist mir erst recht egal. Auf dem Tisch liegen 100 Euro, mehr habe ich nicht. Wer von euch einmal eine Stunde nicht um sich selbst kreist, kann davon ja Futter für Miss Marple kaufen. Sie ist bestimmt die einzige, die mich ein bisschen vermissen wird.

Ja. Marmann hier. Dr. Marmann. Professor Dr. Markus Marmann. Ist dort das Tierheim München-Riem? Ja? Sie müssen verzeihen, ich kenne mich noch nicht aus. Bin letzten Monat von Hamburg hierher berufen worden. Zu Semesterbeginn, wenn Sie verstehen. Was? Ein Preis in Bayern? Jaja. Haha. Ist bei Ihnen eine Katze eingeliefert worden? Eine Siamkatze? Heißt Miss Marple. Ja, der - Leichenfund gestern in Schwabing, genau. Kann ich vorbeikommen und das Tier abholen? Nein, ich habe das Tier nicht geerbt. Nein, ich kannte das Frauchen nicht näher. Ob ich was? Artgerecht halte? Das ist doch ohnehin eine Wohnungskatze. Jetzt haben Sie sich doch mal nicht so, kastriert ist die bestimmt, wo soll denn das Problem sein? Was? Erfahrung? Mit Rassekatzen? Woher ich Frau S. kannte?

Sie ... sie war eine Studentin von mir. Wissen Sie, ich bin doch neu hier. Und dann die erste Vorlesung ... Fakultät, Dekanat, Fachschaft, Prüfungsamt, Fachsprachenzentrum, Intranet, Mentoring ... Finden Sie sich da mal zurecht. Wer ein großer Fisch sein will, landet im Haifischbecken. „Wo finden wir denn Ihre Veröffentlichungen, Herr Kollege?" „Bei wem haben Sie promoviert?" „Wie genau kam Ihr Ruf zustande?" „Ach, Sie kommen aus Hamburg?! Dann kennen Sie doch ganz bestimmt...?!" Im nächsten Semester soll ich den Lehrstuhl für Bürgerliches Recht, Arbeits-, Handels- und Wirtschaftsrecht übernehmen. Allein. Und Angelika bewegt sich nicht aus Hamburg weg, das war *eine* ihrer Bedingungen. Also jedes Wochenende im Flieger und zwischendurch nicht mal Zeit für die Semesterparty. Meine erste Vorlesung: Voller Hörsaal, Headset, Beamer, Laptops ... Totaler Blackout. Und dann sah ich sie. In der dritten Reihe. Ungeschminkt, dunkle Haare, braune Augen. Sie beobachtete mich. Aufmerksam, interessiert, ruhig. Sie ließ ihren Laptop zu, stellte ein Namensschild darauf – Sarah – und bewegte sich kaum, sah mich einfach an. Ein Fels in der Brandung. Ein Stopp im Strudel. Ich hielt mich an ihren Augen fest, fand Stimme, Sprache und Thema wieder und sprach die ganze Zeit nur für sie. Zum Schluss klopften alle artig auf ihre Bänke, nur Sarah klatschte zwei-, dreimal in die Hände. Dann lächelte sie – ein ganz klein wenig -, nickte mir zu und ging. Ich bemerkte, dass sie ihre sämtlichen Sachen da gelassen hatte. Ein Kommilitone packte alles kopfschüttelnd in eine Tasche und nahm sie mit.

Sarah hatte nichts mitgeschrieben. Kein Wort. Ich nahm mir also vor, sie bei nächster Gelegenheit nach ihrer Mail-Adresse zu fragen und ihr mein Manuskript zu schicken. Aber ich sah sie nicht mehr. Man hatte mir eine Mitarbeiterin zugewiesen, halbtags. Frau Huber bekam schnell Anschrift und Mailaccount von Sarah heraus und gab mir den Zettel mit betonter Zurückhaltung. Als Sarah auch am dritten Tag nicht geantwortet hatte, fuhr ich zu ihrer Wohnung ... Der Rest steht in der Zeitung. In dem ganzen Durcheinander konnte ich ihren Abschiedsbrief lesen, der offen auf dem Couchtisch lag. Ich habe der Polizei meine Telefonnummer gegeben; vielleicht erlaubt mir die Mutter, an der Beisetzung teilzunehmen.

Wie? Ach, Sie können mir nicht helfen? Wann soll ich noch mal anrufen? Wen? Gut, warten Sie ... Jaja, ich verstehe, wegen des Erbes, Tiere fallen unter Sachenrecht, klar, daran hätte ich wirklich denken können.

München. Aus dem Tierheim Riem wurde vorgestern eine Rassekatze entwendet. Ein Besucher hatte sich offenbar, vom Personal unbemerkt, im Katzenhaus einschließen lassen. Am Folgetag fehlte lediglich eine Siamkatze. Das Tier hatte der vor einer Woche tot in ihrer Schwabinger Wohnung aufgefundenen Studentin Sarah S. gehört. Auf Erstattung einer Anzeige wurde verzichtet, da man einen 100-Euro-Schein vorfand, auf dessen Rand das Wort „Danke" stand.

Glaubensfragen

Heute liegt eine ganze Seite aus der FAZ an meinem Platz. Mein Platz an ihrem Küchentisch. Wenn ich sie besuche, liegen da Zeitungsausschnitte der vergangenen Wochen. Früher ging es um gesunde Schuhe, die Pille und Gewichtsprobleme. Heute sagt sie, gesunde Schuhe hätten ihr auch nicht geholfen. „Die Höhen und Tiefen haben mir gefehlt. Genieße du ruhig noch dein Leben!" Jetzt schon ein „noch"? Jetzt schon Artikel über Hormonersatz und Klimawechsel? Mir das Noch und ihr das Nichtmehr. Zu sagen, das kann ich nicht mehr und jenes werde ich nicht mehr erleben ....

Heute liegt also eine ganze Seite der FAZ an meinem Platz. Wirtschaft und Soziales: „Krieg der Generationen". Sie ist stolz, wenn ich ihre Zeitungsartikel beruflich verwende. Einmal hat sie über Monate hinweg Berichte über arbeitsmarktrelevante Rentenverläufe gesammelt und mir damit die mühsame Internet-Recherche erspart.

Und ich lese, dass die Alten sich nicht drauf berufen sollen, dieses Land wieder aufgebaut zu haben. Schließlich hätten sie es ja auch zuvor in Schutt und Asche gelegt.

„Das ist doch nicht richtig so …? Das kann man doch so nicht sagen, oder?"

„Doch, klar, pro Jahr BDM 2 % Rente weniger, das wär's doch"

Nein, das ist nicht richtig so, Mama. Ich denke 30 Jahre weiter. Wir haben die Atomkraft nicht verhindert, CO_2 in die Luft gepustet, Europa überschuldet und DSDS geguckt. Wir nicht. Klar. Wir gehen ja auch nie in Hamburger-Restaurants und lesen keine großbuchstabigen Tageszeitungen. Und wir haben keine Juden vergast. Ach Scheiße.

Nein, das ist nicht richtig so und …. Wann machen wir überhaupt mal irgendetwas richtig? Weißt du noch, wie wir immer gesagt haben, wir machen alles anders, besser? Du wolltest dir beizeiten einen schönen Seniorenwohnsitz suchen, in meiner Stadt, und sonntags mache wir es uns richtig schön gemütlich …. Und heute willst du nicht weg aus deiner Stadt, und wahrscheinlich hast du recht, denn gemütlich war mein Leben noch nie und wird es wohl auch nicht mehr, schon gar nicht ohne dich. Und so lässt du mir meine Schuldgefühle, nie genug zu tun, und glaubst wohl, für mich nie genug getan zu haben – und hast es auch nicht, damals, als ich dich so sehr brauchte und nicht schreien konnte, für nichts in der Welt, so wie du heute stumm bleibst in deiner Einsamkeit, weil du weißt, dass ich heute so wenig wie du damals – Ach Scheiße.

Und irgendwann vielleicht die Operation. Vier Jahre länger, vielleicht fünf, sagt der Arzt, um mehr kann es nicht gehen, in diesem Alter, das wissen Sie doch selbst, letztlich geht es nur darum, nicht so zu sterben, nicht zu ersticken am eigenen Körper, aber, wissen Sie, der Tod ist selten schön, und wir haben auf nichts Anspruch. Und wer will denn, dass sie sich lange quält, das ist doch auch nichts, wenn das Herz dann wieder in Ordnung ist, und – stellen Sie sich vor! – als Einziges noch lebt, und sie nicht sterben kann, wissen Sie, was das heißt? Und dafür acht Stunden Narkose, und den Brustkorb aufsägen und ins Herz schneiden und die ganzen Kosten ....

Du hast mir beigebracht, an Gott zu glauben. Bitte. Dann macht ihr zwei mal. Es ist dein Herz. Vielleicht ist es das Hineinschneiden ja gewöhnt und steckt das locker weg. Bitte. Es ist dein Leben. Und dein Sterben.

So habe ich von dir das Leben und den lieben Gott kennengelernt und lerne, wie's aussieht, auch das Sterben von dir. Du hast also eine Verantwortung. Du kannst dich nicht einfach so davon stehlen und auch nicht jammernd und klagend dahin vegetieren. Du sollst bitte schön sterben. So, dass du dich wohl fühlst und mich ohne Angst zurück lässt. Mit gelöstem Gesichtsausdruck, der den Glauben spiegelt, den du mich gelehrt hast. Wir können nicht auf Probe leben, wir können nicht auf Probe lieben, wir können nicht auf Probe sterben. Sagte der vorletzte Papst und war mal wieder gegen irgendetwas. Verhütungsmittel, Scheidung, was weiß ich …. Aber diesmal hatte der gar nicht so Unrecht.

Wir wollen. Vielleicht. Aber wir können. Nicht. Das ist alles.

Gebrochenes Herz

Schrei nach Freiheit

Buntes, grenzenloses Ich,

sich selbst überlassen.

Ist wer?

Ist er.

Guckt ab:

Wie wer lacht,

wann wer schweigt,

warum wer spricht,

wen wer schlägt,

ob sie liebt.

Ist wer?

Ist er.

Macht nach:

Frau, Kind, Möbel, Garten, Haus,

Auto, Urlaub, Katz und Maus ...

Arbeit, Bierchen, Tralala

wo alle sind – war er schon da.

Ist wer?

Ist er.

Ist er, wenn

Ist er nur, wenn

Ist er sicher nur, wenn

Ist sich sicher nur, wenn er

VERDAMMT NOCH MAL ENTSCHEIDEN KANN

WENIGSTENS WANN WAS.

Ist wer?

Ist er,

um den sie weinen,

mit dem sie leiden,

den man fragt,

der nichts sagt,

der sich nicht bindet,

und niemand findet

als ein grenzenloses Ich.

Seiltanz

Wenn so einer dann

nur sich selbst hat.

Wenn so einer dann

nur sich selbst zu verlieren hat.

Wenn so einer dann

wirklich mal ...

Dann braucht er Netz

und doppelten Boden

und einen Plan B.

Und am besten eine,

nein zwei,

oder besser drei,

die ihm sagen, dass,

die ihn fangen, wenn,

die ... Schade um den schönen Tanz.

Plausibilitätskontrolle

Wenn die Kanten deiner Lügen
meinen Gefühlsnebel zerreißen,
bricht sich das Licht
im Blut unserer Herzen.

Vergangenheit

Ich bin nicht nachtragend,
sage ich und
erzähle von - damals!

Neubeginn

Nicht denselben Weg!
sagst du und
führst mich -
als ob!

Alltag

Die Liebe lässt nach,
sagst du und –
lässt nach.

Leichtsinn

Tschuldigung!
Ich brach mir soeben
mein Herz
beim Tanzen.

Abhängigkeit

Ich weiß nicht, wann
sagst du und
wartest auf
und ab.

Deutungsmuster

Gefangen in Synapsen
deines Gehirns
schreit mein Ich
auf
und zu.

Ten years after

Natürlich haben wir das nicht gewollt. Wer will das schon?
Den Rest des Lebens umherirren, so.
Natürlich haben wir das dann verdaut. Wer kann das nicht?
Sich sagen, es war besser so, weil.
Zum Schluss: keine Sterne. Keine Musik.
Nur die Katzenhaare, der endlos bellende Hund
und das beißende Gartenfeuer des Nachbarn.
Bäume, Biovieh und Bienen.
Die Idylle ist nicht schuld, dass wir sie nicht sahen.
Kunst, Kultur und Kamera.
Das Jahr hat sein Füllhorn über uns ausgeschüttet.
War nicht leicht, es kleinzukriegen.
Haben wir aber geschafft. Jawoll!

Früher hatte ich dich gern in meinem Rücken. Wir haben die
Nächte durchwacht und durchweint vor Dankbarkeit, einander
geschenkt zu sein. Und dann hast du aufgehört, mir den Rücken
zu stärken - und ich bin dir in den Rücken gefallen. Der braucht
heute besonders viel Pflege.

Die Braut, die sich nicht traut. Manche Träume werden zweimal wahr. Das Filmplakat über dem Klavier, auf dem ich nicht spielen kann. Trauma, Träume, Trümmer, Tränen, Therapie ...
Willst du Kuchen?

Über die Rosen haben wir nicht gesprochen.

Über die Autorin

Susanne Beckenkamp wurde 1959 in Simmern im Hunsrück geboren und wuchs an der Mosel auf. Veröffentlichungen in Anthologien und Literaturzeitschriften. Zusammen mit Volker Flörkemeier hat sie den Band „REM-Phasen" veröffentlicht (Edition Mühlenbach, 2003). Susanne Beckenkamp lebt in Waldesch im Hunsrück und war 20 Jahren Vorstandsmitglied im Literaturwerk Rheinland-Pfalz-Saar e.V.